女性之心靈書寫身影

從班婕妤到蘇偉貞

蕭湘鳳　著

方集出版社

自 序

問訊湖邊春色，重來又是三年。東風吹我過湖
船　，楊柳絲絲拂面。
世路如今已慣，此心到處悠然。寒光亭下水連
天　，飛起沙鷗一片。

——張孝祥 〈西江月〉

　　喜歡這闋詞的心境，因為學習，世路能夠看透，因為
學習，心田才能到處悠然，才能像鷗鳥一般自由飛翔。學
無止境，近耳順之年才修讀博士，因為修讀博士，開始關
注女性書寫的領域，也發表一些與此領域相關的論文。當
然，精神與體力都不如年少，那曾經可以熬夜苦讀的身軀，
已有初老現象，加上還有繁忙的教學工作，所以偶有苦悶
在所難免。疲倦時，我喜歡到寧靜湖散步，看黑白天鵝的
優雅姿態，湖水下牠們的雙腳必須不停滑動著，當下總想
起徐志摩的詩：「尋夢，撐一支長篙，向青草更青處漫溯！」
將十年來陸續發表與女性書寫有關的論文結集成書是我的
夢，即使划起槳來，緩慢而疲倦，青草更青處的景色，仍
是我的想望，於是，我學會了不放棄，學會再累，也要優

雅書寫並悅讀。

　　從歷代的女性書寫中可以尋找到時代歷史之聲音，也可以看到她們不同之自我挑戰。她們穿越時空，彼此以書寫慶祝著，歌頌著，她們相信勇氣，我們也該相信，她們誠摯的邀請我們的靈魂，當我們閱讀書寫中任何一段文字，擁有這些文字的空氣，呼吸是這樣純粹，有如森林透出的晨光。因為書寫穿越時空的女人們。她們在她們的時代，寫出怎樣的自己呢？從班婕妤手持圓扇，班昭手握史書，到徐燦成立女性社群的對話書寫，接著秋瑾手持刀劍的心烈如男子。如今，席慕蓉奔馳蒙古原鄉，蘇偉貞以麥克風演講出人生百態。女人們各有姿態，有溫柔者，有豪放者，有冷靜理性者，亦女人家之爭鳴也。

　　發表這些女性議題論文期間，我經歷了母親的過世，母親給的蘭花，我繫在香水樹上，每當仲春時節，蘭花就會盛開，這些蘭花有如母親微笑的叮嚀，讓我覺得溫暖。書寫論文過程中，女性書寫苦悶的靈魂，告訴我書寫也是療癒的一環。

　　學著悲而不傷，怨而不怒。喜歡徐陵在〈鴛鴦賦〉中所言：「山雞映水那自得，孤鸞照鏡不成雙。」若將怨成為願，縱然孤獨，也可以怡然自得才是啊！在與出版社佩玲討論出書的那個八月，我將好多本書在太陽底下曝曬，希望這些書帶著陽光的能量，歸還圖書館之後，讓借回這些書的愛書人能在閱讀時發現屬於靈感的光。

　　本書將這些論文結集成書，加上插圖與照片，以圖文

的方式引領讀者更容易聯想她們的容顏；筆者也以新詩書寫這些女性的特質。讓我們看她們如何面對她們的環境，如何以抒情體物書寫，如何因為困境苦難而悲而傷而悼，因怨而恨而怒之心靈抒懷狀態。此書可觀察出女性之書寫並非只為了情感之沉醉，書寫如果可以銷憂，也可以解決當下所處之現實困境。至於女性為何事何人而悲而怨？張淑香言：「詩可以怨」是透過創作而致的作用，在創作過程中，作者必須面臨一項挑戰：就是如何把實際人生中個人「感覺經驗的怨」轉化、塑造、體現為普遍性的「藝術經驗之怨」。女性文本所呈現之典型人物，會因為不同之歷史情境而有不同解讀，因此書寫策略與實際效應之間，除了生活對話之外，亦蘊含著批判力，透過悲怨書寫，更貼近女性心靈。

　　筆者在閱讀這幾位女性書寫的過程中，頗有感受，因此以新詩的方式歌詠她們：為班婕妤賦詩寫下「青春的影，在圓扇落款，輕輕一點扇尖，就是冷暖的橋樑，可以陪伴感動，可以如風流散，答案在心靈中換季。」只因觀察到從班婕妤到徐燦，女子手中的那把扇子，與諸葛亮、蘇東坡的扇子是多麼不同啊！班婕妤情愛的冷暖扇子，到徐燦「長憶擷芳諸女伴，共搖紈扇小窗涼。」是與女伴好友共搖的友誼之扇。我為班昭賦詩寫下「班昭以手為書穿針引線，讀了史，寫了賦，瞳孔透著光，指出愛的方向。」為徐燦賦詩寫下「一扇窗，讓書寫有了心跳，活躍出一段閱讀歲月，她在拙政園的花已經撐開了天。」為秋瑾賦詩寫

下「有一把刀，可以讓夢亮起來，有一雙腳，不必纏，奔跑，永遠不會過時。路上，迎著風，淋著雨，這愁，煞人心啊！」筆者為這幾位女性書寫新詩的方式，從女性身旁的物件開始到庭園的景色，到秋瑾奔跑在路上，試圖點出女性書寫已由戶內跨到庭園跨到路上了！

　　學生田明玉將這些詩句的意境，繪製仕女繪圖呈現，期望增加閱讀此書時之豐富想像力。職是之故，在傳承與創發之間，就如羅倫茲的「蝴蝶效應」，一隻蝴蝶的振翅，將對隨後發生的事件帶來漣漪般影響深遠的效應。筆者才疏淺陋，希冀借此女性心靈書寫之探討，可拓展女性抒情之研究視野。

　　在此湘鳳要感謝所有協助此書得以順利出版的人，才女田明玉與我討論如何繪製這些女性之特質，用心繪出本書之重要女性圖檔；才子蔡志懋一筆一畫的以書法表現這些女性之詩詞；陳浩然教官提供拙政園的實景照片。謝謝瓊玲老師向元華文創推薦了我，總編輯佩玲女史更是不厭其煩的閱讀此書的章節，並適時的鼓勵我，嚴謹的態度，給了我勇氣迎接挑戰，讓我在孤獨無助時有了明確的目標，也謝謝進榮教授不厭其煩的幫我借書還書。這些貴人我銘記在心！除了感謝還是感謝！匆促之際，疏漏之處，煩請見諒並指正。

於中正學人宿舍 2018 年 9 月

目　次

導 讀

　　本書將焦點側重在婦女如何因為不被理解的寂寞，藉著書寫療癒了自己，也呈現了心靈層次的身影。經由書寫，婦女必然觀察自我與生活景物之「關聯」，在體物與緣情間寄託了個人的生命覺醒。胡文楷收錄《歷代婦女著作考》記載班婕妤[1]有《班倢仔集》一卷，惜《隋書經籍志》所著錄已喪失，據《宮閨氏籍藝文考略》言：「班姬二賦，自悼則小雅之苗裔，搗素乃鮑謝之濫觴。」[2]得知班婕妤的賦有兩篇，名為〈搗素賦〉和〈自悼賦〉，〈自悼賦〉具有詩經怨而不怒的傳承，〈搗素賦〉則開啟了南北朝的賦作。〈自悼賦〉是目前能找到最早及最完整的婦女書寫，因此本書以班婕妤的〈自悼賦〉為開端，以細讀文本的方式，探究婦女心靈書寫之表現型態。不容否認，中國女性在中國傳統的文學與歷史論述中常是被忽視的「她者」。但從漢代的班婕妤到晚清的秋瑾，婦女彼此之間有著相似的靈魂，就如余秋雨評張愛玲所言「她死得很寂寞，就像她活得很寂寞，但文學並不拒絕寂寞。」幾千年來

---

[1] 顏師古注解：《漢書外戚傳序》，論及「倢仔」言：「倢，言接幸於上也。仔，美稱也。倢音接。仔音予，字或從女，其音同耳。」由此解開「倢仔」今皆書寫「婕妤」之惑。

[2] 胡文楷：《歷代婦女著作考》，上海：上海古籍出版社，1985 年，頁 1。

中國婦女的書寫與生活模式，藉著賦與詩詞的文體，有著精彩的內涵，也為現代女性建立了典範。所以到明末，女詩人徐燦依然喜愛以班婕妤為題材，其〈長信怨〉云：「君心嫌故扇，懷袖起涼飆，揣分辭雕輦，承歡侍洞簫。綺羅秋御冷，歌吹夜聞遙，猶得陪長信，餘恩感未銷。」[3]「故扇」和「懷袖」運用的是班婕妤〈怨歌行〉的典故，至於「辭雕輦」用的是《漢書》的史實記載，來看班婕妤賢良不越本份。研究徐燦詩詞者，無人論及徐燦詩詞題材是否不同，今觀徐燦詩與詞的最大差異，在於徐燦大量書寫歌詠歷史女性的詩。徐燦詩歌詠述歷史人物時，常選擇歷史上的名女人為主題，以抒發內心感受，清楚看出徐燦以女性觀點看歷史女性，除了屢次入詩的班婕妤，徐燦如何以典故抒發對王昭君與梅妃的情懷。〈昭君怨〉云：「白首深宮裏，紅顏大漠前，去留均薄命，生死竟誰憐。寒月窺秋鏡，胡馬切夜絃，玉容憔悴甚，翻覺畫圖妍。」一句「去留均薄命」道出個人對昭君和親的特殊看法。又如〈梅妃〉詩云：「不學蛾眉鬥豔粧，御懶共舞霓裳，君恩尚有珍珠賜，淚滿紅綃淚轉長。」對於梅妃所遭遇的愛情冷暖，給予深刻對照。

　　本書在章節排序上，筆者將班婕妤的〈自悼賦〉置於全書首篇，因〈自悼賦〉是女性第一篇女性的自傳書寫，接著班昭的《女誡》在中國婦女教育的論述中居於典範式的地位，她的〈東征賦〉更是不容忽視，從賦文中也可看到她對《女誡》的生命實踐。就班昭的《女誡》中，「謙讓恭敬，先人後

---

[3] 徐燦：〈長信怨〉，《拙政園詩集》，卷上，頁16。

己，有善莫名，有惡莫辭」、「執務私事，不辭劇易，所作必成，手跡整理」、「夫為婦者，義以和親，恩以好合」以及倡導「四德」、不要輕易離婚、和睦家庭等觀念，即使在現在，它的規範作用和道德感召力量仍是不容忽視的。中國傳統女教並不完全是現代社會發展的障礙，仔細分析，有很多值得肯定之處。[4]筆者認為這也是專研中國傳統文學所在意的，不要只將傳統思想成為包袱，認定傳統觀念似乎應該徹底拋棄，若能換一個角度，就看到了它的合理性。

　　書中所述八位女性身影，除了蒲松齡小說為虛擬女性之外，其他七位女性作家，都各有其生命題旨，班婕妤在〈自悼賦〉中扮演自我的內在心靈對話，班昭為兒離鄉書寫行旅，在時空轉換與身心錯位的異鄉裡，展開自我與古聖賢的鄉愁論述。丁廙妻的〈寡婦賦〉也因為出於女子之手，與曹丕、王粲等的感受方式有所不同，她首先回顧了出嫁到夫家的歷程，然後描寫了室內裝飾由鮮艷變為素穆的細節：「刷朱扉以白堊，易玄帳以素幬。」並且描寫了渴望與丈夫魂夢相通的願望：「想逝者之有憑，因宵夜之彷彿。痛存沒之異路，終窈漠而不至。」相比之下，比曹丕、阮瑀、王粲等並作之〈寡婦賦〉更具有生活的真實感。本書每章都可自為獨立的單元，從橫的方面看，每篇文章針對賦體或詩詞的主題，將漢到晚清選擇代表性的婦女書寫加以論述，從文本的角度切入，致力作深入的剖析。從縱的方面看，這八位女性的被書寫論旨

---

[4] 晉文，趙會英：〈重評班昭《女誡》的女性倫理觀〉，《南督學壇》，第27卷第6期，2007年11月，頁1－6。

是彼此相關的，從漢代生活在禮教森嚴的班婕妤到以寡婦身份紀實心聲的丁廙妻，雖然不滿意自己的生活處境，卻又無法擺脫，她們的感受，絕大部分圍限於妝臺之內，鬱鬱以終，她們留在人間的翰墨，都盡是愁怨的悲泣。顯而易見的，中國婦女的書寫內涵，從漢到明末清初的秋瑾，開始憑著她們自身的努力和受外來影響的社會變革，有了極大的轉變。秋瑾敢於挑戰禮教觀念，直抒胸臆，活出自我。

　　劉淑麗認為所謂「女性書寫」，最基本的即是女性寫作「書寫」的發出者是女性。而「對女性的抒寫」實際上也就是抒寫女性，是指作家以女性作為抒寫的對象，「抒寫」的主語我指的是男性。「對女性的抒寫」表明了一種距離，一種男性和女性之間的距離，以及女性在被抒寫中作為客體、作為被物化或「塑造」、「想像」的角色與男性之間的距離，實際上是一種男性在寫作中對女性的權力，甚至包括了關懷或者窺探對女性類型與身分的喜好。雖是「書寫」與「抒寫」的差別，卻區分了女性與男性的見解。[5]中國婦女的書寫情懷，從漢代開始，已塑造了一個固定的典範。婦女多了一隻心眼，擅長書寫寂寞，在現實的環境存在著悲怨，以書寫開拓一個無所不能的世界，在身邊看到的是不盡人意的瑕疵，婦女通過體會瑕疵，讓自己在書寫的世界創造出另一個理想國度，也為自己開啟了另一個世界。誠如斯特普爾頓所言「故事的主人公是一個觀察者，他首先探索了我們宇宙中的眾多世

---

[5] 劉淑麗：《先秦漢魏晉婦女觀與文學中的女性》，臺北：學苑出版社，2008年8月，頁5-6。

界，了解智慧如何進化。最後與造星者發生對峙。」[6]重點是，巔峰對決也許是以悲劇收場，而不是大團圓，因此另一個完美的世界只能由婦女自己發現。婦女們心靈層次的書寫，有許多自傳式或情節式的內涵，她們將發生在自己身上的事件，和自己有關的知識，與經驗連結，書寫出個人情感或感受。

其中七位婦女的心靈書寫也可以採傳記個案的方式，去深入探討分別生活於漢代、魏晉、明與清末不同背景的女性的生命歷程，並同時發現她們彼此的相互影響，以窺探婦女書寫的演變過程。這個過程，即如黃嫣梨在《妝臺與妝臺之外──中國婦女史研究論集》[7]中所言，是中國婦女從「妝臺」轉變到「妝臺以外」的過程。明與清末是轉換期的「新女性」典範，她們開始追求自我，不只以書寫肯定自我，並以社群和革新的精神來實踐理念，在社會的大場域裏已有一席之位，在實踐中超越了千年來中國傳統社會的兩性主從關係，建立了近代婦女的新典範。藉由女性詩賦中的書寫，可以發掘每一種題材都有一個來歷，一個背景，更成為女性書寫的一個語碼。從班婕妤到秋瑾都寫出了情愛與道德的矛盾超越，寫出了女性如何面對感情，寫出了女性的勇敢形象，她們用了女性自己的語言，猶如秋瑾穿上西裝拿了刀，扮演雙重的性別，了解她們自己的雙重的語境。古代女子從思婦變

---

[6] 弗里曼戴森著 蕭明波譯：《反叛的科學家》，北京：浙江大學出版社，2013年，頁357。
[7] 黃嫣梨：《妝臺與妝臺之外──中國婦女史研究論集》，牛津大學出版，1999年。

成了怨婦，是必然的結果。在談到詞之美感特質時，葉嘉瑩曾提出了「弱德」這個文學概念，愛情為什麼變成了歷史，一定要提到歷史的背景，男子之志女子之情，就如葉嘉瑩所說的「弱德之美」，弱者是沒有出息的，弱還要有德，在重大不幸的遭遇之下，一方面能夠承受，一方面能夠負擔，一方面還能完成你自己，這是一種品德，是弱者的品德，儒是需，內含懦弱之意，「需」是易經的卦名，如何在艱難困苦中完成你自己。[8]他們不只是小我之憤怨，而是潛入人生心靈深處後之觀照與體會，所引發出一種無可奈何的哀感，一種憂生憂世的悲情，是一種普遍性的人生悲怨，即從自我的痛苦與不幸出發，達到對於整體人類的生存情境的認知，此亦廚川白村所認知的文學是苦悶的象徵，[9]這也是文學本身內在的價值。

　　本書共收錄八篇短篇論文，其中包含從古到今的七位女性書寫，一篇選蒲松齡《聊齋誌異》有關女性情慾之被書寫，女性的書寫與被書寫之間，都對歷史與文學有極大的貢獻，如陳阿嬌和趙飛燕的被書寫，如班婕妤的自我書寫，筆與比之間，可以深刻思考女性為何想要自我書寫？男性又為何要寫書寫女性？源頭有何不同呢？從漢到清，女性的話語權，聲音也許微弱和寂寥，但女性內在本質和精神立場，是不容置疑的，女性有其細膩的心理活動書寫。男性往往為了仕途，

---

[8] 葉嘉瑩：〈談清代詞史觀念的形成與清代的史詞〉，《印刻文學生活誌》，6卷6期，2010年2月，頁92。

[9] 張淑香：《抒情傳統的省思與探索》，臺北：大安出版社，1992年，頁6-10。

書寫女性以表達國家情懷,以女性的形象表自己之情,屬於象徵性的運用,也許女性名字身份地位是真實的,但男性只能依其形象想像與再造,女性像是人形立牌,若想了解女性的心理劇場,都不如直接閱讀女性作品。總之,無論她們生活在妝臺庭園的時代,或是生活在妝臺庭園之外的時代,她們都是在歷史中真真實實地生活過,研究她們,對於我,是一種對話,一種超越時空的對話。

第一章　班婕妤〈自悼賦〉
——開創女性自傳書寫

一、前言

　　在明清以前，女性寫作並無群體與傳統可言，女性僅藉個人才情在所處的時代，如流星般劃過天際，留下令人驚豔的光芒，班婕妤就是中國女性文學扉頁上的一顆晨星。班婕妤（約公元前 48 年——公元前 6 年）有篇〈自悼賦〉以自我敘事為重心，是中國第一篇女性自傳賦，其中可以清晰看到漢代文化氛圍所啟發班婕妤的是才德兼備的形象。

　　班婕妤寫〈自悼賦〉的動機應是為了表現自己與皇上的距離位移，同時開展了一種關係動態，在其中包含了自己所經歷的歷史事件，和對自我生命情境的抒發。值得觀注的是，班婕妤以女性身份從事寫作，已經暗中挑戰性別角色的限制，惜後代論及班婕妤較側重於深宮怨婦的形象，無人從女性書寫賦體傳記的角度來觀察班婕妤，因此本章嘗試從此角

度切入，以尋找出潛存於賦體的女性敘事意義。[1]

　　班婕妤（約公元前 48 年──公元前 6 年）。[2]樓煩（今山西寧武，一作朔縣）人。據胡文楷收錄《歷代婦女著作考》記載班婕妤有《班倢伃集》一卷，惜《隨書經籍志》所著錄已喪失，據《宮閨氏籍藝文考略》言：「班姬二賦，自悼則小雅之苗裔，擣素乃鮑謝之濫觴。」[3]得知班婕妤的賦有兩篇，名為〈擣素賦〉和〈自悼賦〉，〈自悼賦〉具有詩經怨而不怒的傳承，〈擣素賦〉則開啟了至南北朝的賦作。本文探討之〈自悼賦〉則具有自傳體風格，符合了「展示自我生成的事實和經驗化的事實」。[4]

　　〈自悼賦〉另有篇名為〈自悼賦〉，[5]據《漢書外戚傳》

---

[1] 女性作賦，以目前現存的資料來看，開始於漢代班婕妤的〈自悼賦〉。漢魏六朝之女性賦作，傳至今日為數極少，長期以來，女性賦又一直未能受到該有的重視。然從女性獨特之悲怨書寫視角觀之，女性賦實具有文學之社會價值，堪稱是中國賦史上的一個亮點。據《全上古三代秦漢三國六朝文》、《歷代賦彙》以及程章燦《先唐賦存目考》輯匯統計，今存漢魏女性賦之篇目如下：西漢班婕妤有〈自悼賦〉、〈擣素賦〉2 篇；東漢班昭有〈東征賦〉、〈針縷賦〉、〈大雀賦〉、〈蟬賦〉4 篇；三國・魏丁廙妻〈寡婦賦〉1 篇。

[2] 班倢伃生卒年《漢書》本傳所記不詳。現據《中國文學家大辭典》、《中國歷代名人詞典》約作公元前 48 年──公元前 6 年。

[3] 胡文楷：《歷代婦女著作考》，上海：上海古籍出版社，1985 年，頁 1。

[4] 趙白生：〈我與我周旋──自傳事實的內涵〉，北京：《北京大學學報》，2002 年 4 期。

[5] 費振剛輯校：《全漢賦》，北京：北京大學出版社，1993 年，頁 242。筆者以為若以〈自悼賦〉篇名而言，是在追悼過去的自己，象徵過去的自己已死亡，心境上決定面對未來。若以〈自傷賦〉篇名而言，則側重於敘述現在的哀傷，是否走出哀傷不得而知。

將班婕妤整篇賦作分三段，[6]筆者認為可分兩層次，前兩段偏重在自悼，最後一段則偏重在自傷，所以兩篇篇名個有其存在之意義。《漢書外戚傳》記載：「時飛燕驕妒。婕仔恐久見危，求供養皇太后於長信宮。上許焉。婕仔退處東宮，作賦自悼傷曰。」其中說明了班在退處東宮之後，寫賦是為了「自悼傷」，因此才演變成有〈自悼賦〉與〈自傷賦〉兩篇篇名；班婕妤既悼又傷的是身為後宮的冷暖歷史，惜班婕妤的自我敘事書寫，雖然具有自我剖析、勇敢接受缺憾的特色，卻還沒有能力向君主權力挑戰或自我覺醒的意味。當然這與時代背景和個人氣性有關，如朱崇儀言：「我們似乎不應該要求中文自傳作者在把自我的經驗轉化為文本時，發展出類同程度的政治自覺。實際上，中文自傳書寫者的文化生產經驗，及其時代背景，皆必須列入考慮。」[7]

　　因此本書從《漢書外戚傳》中，分析班婕妤生平和所處的歷史背景，再從班婕妤〈自悼賦〉自傳之心境佐證〈搗素賦〉和〈怨歌行〉，並論其影響。

二、〈自悼賦〉奠定才女地位

　　班婕妤名字已不可考，僅留下「婕仔」這個官名，「婕

6　漢班固：《漢書》，樂天出版，1960年，頁3985－3987。

7　見朱崇儀：《女性自傳－透過性別來重讀／重塑文類》，臺北：《中外文學》，第26卷4期，1997年9月，頁142。

仔」設立於漢武帝時，據《漢書外戚傳序》記載：「至武帝制婕仔、娥娥、瑢華、充依，各有爵位，而元帝加昭儀之號，凡十四等云。昭儀位視丞相，爵比諸侯王。婕仔視上卿，比列侯。」[8]顏師古注解「婕仔」言：「婕，言接幸於上也。仔，美稱也。婕音接。仔音予，字或從女，其音同耳。」由此解開「婕仔」今皆書寫「婕妤」之惑。婕妤在漢成帝時，除了班婕妤還有衛婕妤。以班婕妤之才情，敘述自身經歷時，僅留下女官名，不曾言明名字，原因依張修蓉所言：「當時的後妃才女，並非刻意要做文學家，要留名千古，他們只是在哀感激動之餘，情不自禁地將情愫宣洩出來，發為詩歌而已。他們寫的都是即興作品。」[9]，其實不只班婕妤，當時文人並沒有要以文學留名千古的觀念，類此以文學留名的觀念應在曹丕寫〈典論論文〉時才確立，因此班婕妤應為自己處境哀傷而即興書寫。至於班固撰寫《漢書》時為何記載了〈自悼賦〉的全文，除了漢書採錄西漢文章的寫史方法之外，[10]〈自悼賦〉所述是班婕妤的生平與經歷，應有藉史書保存班婕妤作品的意味。劉熙載言「古人一生之志，往往於賦寓之。史記、漢書之例，賦可載入列傳，所以使讀其賦者即知其人也。」[11]可見賦體可觀察作者一生的志趣。

---

[8] 費振剛輯校：《全漢賦》，北京：北京大學出版社，1993年，頁242。筆者以為若以〈自悼賦〉篇名而言，是在追悼過去的自己，象徵過去的自己已死亡，心境上決定面對未來。若以〈自傷賦〉篇名而言，則側重於敘述現在的哀傷，是否走出哀傷不得而知。

[9] 張修蓉：《漢唐貴族與才女詩歌研究》，臺北：文史哲，1985年，頁16。

[10] 吳福助：《漢書採錄西漢文章探討》，臺北：文津，1988年，頁15

[11] 劉熙載：《藝概》之〈賦概〉，臺北：華正書局，1988年，頁94。

　　筆者以為〈自悼賦〉的自傳敘事可分六部份進行：（1）敘述家世背景（2）入宮生活（3）形塑謹守禮儀之形象（4）閨怨氛圍（5）空間與心靈掙扎（6）面對死亡：交待身後之事。由這六部份敘事，明顯的透露出〈自悼賦〉有如趙白生所言：「自傳的內核是自傳事實，但傳記事實與歷史事實也同樣不可或缺。它們水乳交融，三位一體，構成了自傳裡事實的三要素。」[12]以下針對此六部份敘述：

(一)班氏家族

　　〈自悼賦〉一開始，僅以濃縮的兩句話「承祖考之遺德兮，何性命之淑靈」敘述家世背景，在班婕妤寫賦時，並無心詳細記載祖先之一切，即使簡略，筆者認為已具備自傳雛形。欲知更詳細的家世需參看《漢書・班固敘傳》：

> 班氏之先，與楚同姓，另尹子文之後也。子文初生，棄於瞢中，而虎乳之。楚人謂乳「穀」，謂虎「於檡」，故名穀於檡，字子文。楚人謂虎班，其子以為號。秦之滅楚，遷晉、代之間，因氏焉。
> 始皇之末，班壹避墜於樓煩，致馬牛羊數千羣。值漢初定，與民無禁，當孝惠、高后時，以財雄邊，出入弋獵，旌旗鼓吹，年百餘歲，以壽終，固北方多以「壹」為字者。

---

[12] 趙白生：〈自傳就是別傳嗎？──論自傳敘述中事實的三要素〉，國外文學季刊，2001 年第 4 期，頁 36。

> 壹生孺。孺為任俠，州郡歌之。孺生長，官至上谷
> 守。長生回，以茂材為長子令。回生況，舉孝廉為
> 郎，積功勞，至上河農都尉，大司農奏課連最，入
> 為左曹越騎校尉。成帝之初，女為倢伃，致仕就第，
> 貲累千金，徒昌陵。昌陵後罷，大臣名家皆占數于
> 長安。

由以上所述，得知班婕妤的祖先可上溯楚國的令尹子
文。子文初生時被遺棄，讓老虎養活，楚國人稱虎為「班」，
因此子文的兒子以班為號，叫鬥班，鬥班的後人就以班為氏。
後來有班壹、班孺、班長、班回、班況。班況即班婕妤的父
親，曾舉孝廉，官至左曹越騎校尉。班婕妤言「承祖考之遺
德」，由父親之「舉孝廉」，的確為班氏留下美好德行。班婕
妤在成帝時被選入宮為婕妤女官，才德兼備。班家還有一位
寫〈東征賦〉的重要女賦家——班昭，論輩份，班婕妤是班
固和班昭的曾祖姑母，如此書香的班家孕育出兩位重要的女
性。

(二)入宮謹守禮儀之形象

〈自悼賦〉敘述自己入宮的情形「登薄軀於宮闕兮，充
下陳於後庭。蒙聖皇之渥惠兮，當日月之盛明；揚光烈之翕
赫兮，奉隆寵於增成。」可見班婕妤班入宮之後深受皇上之
寵愛。其間發生過流產之事，〈自悼賦〉第一段最後以「痛陽
祿與柘館兮，仍繈褓而離災。」寫下女性特有的遭遇，一個

「痛」字看出班婕妤是在自身身體中感覺和理解自己，但又不願多寫，類此短短兩句的敘述，許菁頻言：「古代在創作自傳的手法上具有淡化歷史載述，注重抒情述志的特徵，其傳主也大都人生歷史消淡而人格形態生動。」[13]流產之事亦可參看《漢書・外戚傳》中所記載的史實：

> 孝成班倢伃，帝初即位選入後宮。始為少使，蛾而
> 大幸，為倢伃，居增成舍，再就館，有男，數月失
> 之。

　　由此可知班婕妤曾懷孕，而且是男嬰，惜未能保有此男嬰，當然也使班婕妤無法享有母親之職。[14]這是否與趙飛燕後來得寵有關，無法得知。蘇志宏言：

> 傳統宗法社會對個性的摧殘和壓抑——個性自身沒
> 有意義，其價值僅僅在於為他的種族而存在，而女
> 性更是作為生育機器才獲得自身的生存意義。[15]

---

[13] 許菁頻：〈中國古代自傳文學抒情手法之探微〉，浙江教育學院學報，第 5 期，2003 年 9 月，頁 28。

[14] 《漢書》提及班婕妤產子夭折一事，《續列女傳》已將這部分的記載刪去，僅透過〈自傷賦〉含蓄地告知，而六朝人之頌贊也絕口不提。班婕妤小產及帶來的痛苦心情已溢出範圍，不過或許還別有衷曲。從古代的角度來看，班婕妤始終未孕育子嗣，不可不謂是一項缺憾，甚至瑕疵。或許因此將之從班婕妤的形象中娜除了。

[15] 蘇志宏：《聞一多新論》，北京：中央編輯出版社，1999 年，頁 127。

　　後宮的傳統宗法制度，更涉及了權力的分配，沒再生育，對班婕妤生命是自身的遺憾，但班婕妤非尋常女子，她在寫作的出口上獲得自身的生存意義。許德楠言「古代女性作家需要兩個條件：家學淵源有自，再加上相當的生活閱歷甚至是坎坷的經歷」[16]，同時舉了班昭為例，班婕妤又何嘗不是？《漢書・外戚傳》中記載：

> 鴻嘉三年，趙飛燕譖告許皇后、班倢伃挾媚道，祝詛後宮，詈及皇上。許皇后作廢。考問班倢伃，班倢伃對曰：「妾聞『死生有命，富貴在天。』修正尚未蒙福，為邪欲以何望？使鬼神有知，不受不臣之訴；如其無知，訴之何益？故不為也。」上善其對，憐憫之，賜黃金百斤。

　　鴻嘉三年是班婕妤的生命轉折，班婕妤的坎坷經歷來自於趙飛燕的「挾媚道」誣陷，[17]班婕妤憑著機智的應對逃過死亡一劫，其中「鬼神有知」或「無知」之說，極具思辯之能力。只是班婕妤不願再捲入後宮紛爭中，在此時決定退出後宮戰場，重新安排自己的未來，並將後宮遭遇訴之於文學。

---

[16] 許德楠：《論詩史的定位及其他》，北京：學苑出版社，2004 年，頁 224。

[17] 媚道起源甚早。《周禮·天官冢宰》提到內宰之職掌：「以婦職之法教九御，使各有屬，以作二事，正其服，禁其奇衺，展其功緒。」鄭玄注：「奇衺，若今媚道。」也就是至少在先秦之時，媚道就在宮廷或民間秘密流行，且有專職官員來禁行。　到了漢代，媚道仍然是嚴禁的。《周禮注疏》賈公彥疏：「漢法又有宮禁，云『敢行媚道者』……」但是，法所禁止的，正是社會所存在的。

在《漢書‧外戚傳》中記載了班婕妤與成帝的相處情形：

> 成帝遊於後庭，嘗欲與婕妤同輦載，婕妤辭曰：「觀
> 古圖畫，賢聖之君皆有名臣在側，三代末主乃有嬖
> 女，今欲同輦，得無近似之乎？」上善其言而止。
> 太后聞之，喜曰：「古有樊姬，今有班婕妤。」婕
> 妤誦詩及窈窕、德象、女師之篇。每進見上疏，依
> 則古禮。

　　由此段記載看出當時班婕妤多麼受到成帝的寵愛，因此
想與婕妤同輦觀古圖畫，寵愛本身絕非理性，然謹守禮份的
班婕妤，卻以理性拒絕了成帝，以「賢聖之君皆有名臣在側」
提醒成帝，「上善其言而止」，是指成帝知道謹守禮份是善的。
此刻推辭得理直氣壯的班婕妤，是儒家禮義的維護者，歷來
皆以此事件贊揚班婕妤的德行，連當時太后聽到，也喜悅的
說：「古有樊姬，今有班婕妤。」若對照後來發生的趙飛燕誣
陷事件，可以得知因為有這謹守禮份的行為在前，班婕妤才
救了自己。
　　〈自悼賦〉在敘述自己的祖先和進入後宮受寵之後，接
著說：

> 既過幸於非位兮，竊庶幾乎嘉時；每寢寐而累息
> 兮，申佩離以自思。陳女圖而鏡監兮，顧女史而問
> 《詩》。悲晨婦之作戒兮，哀褒、豔之為郵；美皇、

> 英之女舜兮，榮任、姒之母周。雖愚陋其靡及兮，
> 敢舍心而忘茲？[18]

　　「晨婦」典出自《尚書》之〈牧誓篇〉，言「牝雞之晨，惟家之索」，指的是妲己。「鏡監」顯然來自班婕妤陳觀的「女圖」，顧女史而問《詩》，則與當時的女教有關，郭永吉認為：

> 自漢到隋，士人習誦經籍，分兩階段，初階始於《孝
> 經》，繼以《論語》，初進階交替時期則習《詩經》，
> 貴族女性的書籍教育往往以此為度，是《詩經》乃
> 基礎讀物。[19]

　　班婕妤敘述自己尋問女史關於詩經的內容，據《漢書》記載「倢伃誦詩及窈窕、德象、女師之篇。每進見上疏，依則古禮。」可見詩經是班婕妤待人處事的圭臬，于迎春言：「繼西漢的積累之後，經術之學在東漢十分普及。上自天子、宗室、諸侯，下至黎民眾庶，治學者分佈廣泛，人數眾多。」[20]除了《詩經》的啟悟閱讀，班婕妤是儒家經典的日常生活躬行者，時時以列女圖自我警惕。漢代除了詩經，《列女傳》也有諫書功能，只是天子從讀者群中遺落，《列女傳》成了婦教

---

[18] 漢班固著、唐顏師古注：《漢書》，臺北：樂天出版社，1985 年，頁 3986。

[19] 郭永吉：《自漢到隋皇帝與皇太子經學教育禮制蠡測》，新竹：國立清華大學中國文學系博士論文，第四章，2005 年 11 月，頁 96。

[20] 于迎春：《漢代文人與文學觀念的演進》，1997 年 6 月，頁 58。

專門的書。[21]劉向著《列女傳》本來有預設的讀者，惜漢成帝未必閱讀，倒是成帝的妃嬪可能讀過，由〈自悼賦〉中「陳女圖而鏡監兮」可得證據，「鏡監」是全神貫注的閱讀，閱讀之後擁有兩相照面的反躬自省。於此，班婕妤努力勤學的塑造了謹守禮份的形象。類此謹守禮份形象應與董仲舒為建購大一統的政治體系，將夫婦與君臣、父子並列為「三綱」，他將一切的人倫關係都配入到天地陰陽五行中，以強化其政治性內涵有關。[22]如此，「相對性」的倫理，遂成為「絕對性」的倫理，其高下尊卑之別，無可移易。[23]

〈自悼賦〉寫於鴻嘉三年許皇后被廢，班婕妤退處東宮，要求供養皇太后於長信宮之後，當時原本附有圖畫的《列女傳》已完成，而且呈給皇上，班婕妤得見此書，並以列女圖自我警惕。接著筆鋒轉到歷史典故，「悲晨婦之作戒兮，哀褒、閻之為郵；美皇、英之女舜兮，榮任、姒之母周。」，四句中談論了六位歷史上有名的女性，據顏師古所言，《詩經小雅》有諷刺幽王的詩，詩曰「赫赫宗周，褒姒滅之」和「閻

---

[21] 朱曉海：〈劉向《列女傳》文獻學課題述補〉，《臺大中文學報》第 24 期，2006 年，16 頁。

[22] 鍾慧玲：《女性主義與中國文學》，臺北：里仁書局，1997 年 4 月，頁 57-58。

[23] 《禮記‧昏義》在論及「天子」與「后」之職分時，即曾指出：「天子之與后，猶日之與月，陰之與陽，相須而后成者也。」「天子聽男教，后聽婦順；天子理陽道，后治陰德；天子聽外治，后聽內職。教順成俗，外內和順，國家治理，此之謂盛德。」然而，原本有其「相對性」的夫婦關係，卻在漢代董仲舒的陰陽學說出現後，起絕大的變化。陰陽學說於先秦即早已有之，然其實之「陰」、「陽」並無尊卑之別。說參鮑家麟：〈陰陽學說與婦女的地位〉，收入鮑家麟編著：《中國婦女史論集》續集，臺北：稻香出版社，1991 年，頁 37-54。

妻煽方處」，按「閻妻」為厲王之內寵。此處言厲王無道，內
寵熾盛。「褒、閻」指的是讓家國滅亡的兩位有過錯的女性。
而「美皇、英之女舜兮，榮任、姒之」[24]先指出娥皇和女英，
是舜的賢慧妻子；繼續指出周文王的母親文任和周武王的母
親太姒，這兩位女性培育出英明君王。以對比方式談論女性
之歷史定位。寫下對自己的期許是「雖愚陋其靡及兮，敢舍
心而忘茲？」，隨時以歷史中的女性過錯警惕自己，更以堯舜
歷史中的賢慧女性勉勵自己，有如座右銘般不敢忘懷。這是
多鮮明的儒家形象！

(三)宮怨氛圍

　　班婕妤憑藉才情以自敘方式書寫出〈自悼賦〉，以宮怨
類為題材，以楚辭體（即騷體）形式敘述，不可否認受到司
馬相如〈長門賦〉的影響，但班婕妤頗有開創之處，內容除
了呈現後宮女性生存之困窘外，更開啟了以賦體書寫女性自
傳歷史的一頁；因此中國最早的女性自傳應是班婕妤的〈自
悼賦〉。[25]如祝應峰所言：

> 在幽閉的生活背景下，寫作成為女性抒發內心隱秘
> 的方式。中國古代的閨閣詩、怨婦詩、豔情詩隱蔽
> 于閨閣樓臺、深宮後院，展現了女性的優雅才情，

---

[24] 漢班固著、唐顏師古注：《漢書》，臺北：樂天出版社，1985 年，頁 3986。

[25] 川合康三著，蔣續譯：〈中國詩歌中的自傳〉，咸寧師專學報，第 18 卷第
　　4 期，1998 年 11 月，頁 24。認為蔡琰的〈悲憤詩〉是中國的最早自傳詩歌。

曲折的表達了女性鮮為人知的心曲。[26]

　　吾人由觀看班婕妤這位後宮佳麗的單一形象書寫敘述，可以對後宮女性整個環境存在的困迫有所了解，往後蔡琰的〈悲憤詩〉更擴大後宮的傷感為家國傷感。

　　且看班婕妤如何敘述自己的傷感，第三段賦云「感帷裳兮發紅羅，紛綷縩兮紈素聲。神眇眇兮密靚處，君不御兮誰為榮？俯視兮丹墀，思君兮履綦。仰視兮雲屋，雙涕兮橫流。顧左右兮和顏，酌羽觴兮銷憂。」「君」字再度出現，「君不御兮」君王不再寵幸，「思君兮履綦」想念君王的到來，去不掉的想念最後只能化為「雙涕兮橫流」，只能淚流滿面，劉鶚言：

> 《離騷》為屈大夫之哭泣，《莊子》為蒙叟之哭泣，
> 《史記》為太史公之哭泣，《草堂詩集》為杜工部
> 之哭泣，李后主以詞哭，八大山人以畫哭，王實甫
> 寄哭泣於《西廂》，曹雪芹寄哭泣於《紅樓夢》。[27]

　　班婕妤的眼淚與這些文人的眼淚有何不同？難道不是心有所怨？而班婕妤能怨的如此溫柔敦厚，這要歸功於詩經的影響，徐復觀言：「既溫且柔的感情，在反省中發現了無數

---

[26] 祝應峰：《性別視閾與當代文學敘事》，安徽大學出版社，2008 年 5 月，頁 11-12。

[27] 劉鶚：《老殘遊記自序》，文化圖書公司，1993 年，頁 3。

難以解脫的牽連，乃至含有人倫中難言的隱痛。感情在牽連與隱痛中掙扎，在掙扎中融合凝集，便使它熱不得，冷不掉，而自然歸於溫柔。」[28]班婕妤的溫柔是在俯仰之間掙扎過的，在自傷中流下眼淚，才能寬容道出「妾人之殃咎兮？將天命之不可求。」不將災禍歸於任何人，只歸於不可求的天命。

那如何解憂？「酌羽觴兮銷憂」，拿起酒杯喝酒銷憂，不再是男人的專利。類此傷感，是吉川幸次郎所說「在時間的推移中由幸福轉到不幸的悲哀」形式，[29]渴求重回往日，固然需要勇氣，但面對過往已逝，讓傷痛成為存在的一部份，需要更大的勇氣。所謂「勇氣不僅僅是生命力，也不僅僅是赤裸裸的挑釁的力量。它只能存在於從生存的桎梏裡所爭得的自由中。」[30]如果班婕妤只能如此傷感，那班婕妤就只是一般女子，在「生存的桎梏裡」流淚喝酒，流過了淚，喝過了酒讓她爭得了生命哲理，才能有「惟人生兮一世，忽壹過兮若浮。」的灑脫！

因為寓有傷感之抒情，六朝詩人在描寫班婕妤時習慣取其棄婦之形象，在陸機〈婕妤怨〉中的班婕妤，陸機未使用任何句子去形容其美，這是因為它乃典故意象，早已有其固化內容，不勞辭費。透過這個歷史人物的提出，陸機揭示了

[28] 徐復觀：〈釋詩的溫柔敦厚〉，《中國文學論集》，臺北：學生書局，1974年，頁446。

[29] 吉川幸次郎著，鄭清茂譯：〈推移的悲哀－古詩十九首的主題〉，臺北：《中外文學》，6卷4期，1977年10月，頁25。

[30] 余靈靈、徐信華譯：《存在與超越——雅斯貝爾斯文集》，上海：三聯書局，1988年9月，頁159。

棄婦形象。[31]類此棄婦之形象可上推《詩經》，《詩經》中的《氓》、《谷風》，開了詩歌中描寫「癡心女子薄情郎」的先河。漢代樂府民歌中的《上山採蘼蕪》、《孔雀東南飛》等詩篇，又進一步描繪出了女子被無端拋棄之後的悲哀和無奈，班婕妤〈自悼賦〉繼承和發展了《詩經》怨的傳統，但不再是真率自然之聲，而是受到儒家思想修飾，有意識的納入漢朝詩教的規範，從而向文人化方向發展。值得關注的是，班婕妤是以女性自傳方式書寫閨怨，她將自己的閨怨寫入歷史，並非等待別人提出或紀錄。

　　〈自悼賦〉最後以「綠衣兮白華，自古兮有之。」作結，提到的是《詩經》的兩篇篇名——國風〈綠衣〉篇和小雅〈白華〉篇，〈綠衣〉篇的內容是「綠兮衣兮，綠衣黃裡。心之憂矣，曷維其已！」主旨是衛莊公的夫人莊姜無子，嬖妾生子，莊公因而愛妾而疏遠莊姜。[32]詩中以不純正的綠色和純正的黃色作對比，比喻貴賤失位，班婕妤在此有意借古人與自己相同之命運來自我安慰；小雅〈白華〉篇為笙詩，內容是「白華菅兮，白茅束兮。之子之遠，俾我獨兮。」寓有夫婦應長相倚之意，朱守亮認為「此棄婦自傷之詩」[33]。班婕妤以「自古兮有之」寓含古今後宮女子的重覆命運，是否在自我警戒之外尚有指責成帝或趙飛燕之深意，無法斷言。可以斷言的

<hr>

[31] 李清筠：《時空情境中自我影像》，臺北：文津，2000 年，頁 189。

[32] 馬持盈譯注：《詩經今註今譯》，臺北：臺灣商務，1987 年，頁 40。盛俊英《詩經注析》中則將此詩作「詩人睹物懷人思念故妻的詩」。中華書局，1991 年，頁 65。

[33] 朱守亮譯注：《詩經評議》，臺北：學生書局，1984 年，頁 688。

是，班婕妤因為趙飛燕不得不轉換她安身立命的方式，原先被女性認為無用的文學，卻為班婕妤的情感與理想提供了表述方式，因為後宮的挫折醞釀出如此真摯的文章。如嚴明、樊琪言：「歷代女性文學藝術表現出追求純潔境界的道德傾向，而這種傾向又是在與不斷的受挫感與失落感作抗爭的過程中得到加強的。」[34]

(四)幽閉的挑戰

對任何時代的任何人而言，自我的追求和人生義務這兩端之間，必有一定的衝突，而且只能在其間折衝妥協，不可能僅其求一端，中國女性的生命其實也是一個不斷折衝過程，並非完全喪失自我的犧牲。在女作家的想像中，庭園同時具有幽閉與解放的涵意，正是這種折衝過程的一個例證。[35] 也就是說出於幽閉意識，苦悶無聊這些極端私人的感受，成為女作家對自己生命狀態的定義，但又成為其創作的動力。以班婕妤而言，在決定退出後宮戰場，同時也開始了幽閉的空間，在幽閉的空間中面對流動游移和捉摸不定的未來，此刻班婕妤以女性身份從事賦的自我記錄，這已經暗中挑戰性別角色的限制。

自傳敘事若無情感作支撐，敘事則顯單調，在前兩段，班婕妤自傳側重於女官身份的謹守禮教，班婕妤多了第三段

---

[34] 嚴明、樊琪：《中國女性文學的傳統》，臺北：洪葉文化公司，1999 年，頁 208。

[35] 胡曉真：〈才女徹夜未眠〉，臺北：麥田，2003 年，頁 218。

的「重日」,「重日」側重於情感部份,回到單純的女性身份,期待被君王疼惜,極力描寫自己在長信宮的歲月是如此度過而終老的:「潛玄宮兮幽以清,應門閉兮禁闥扃。華殿塵兮玉階苔,中庭萋兮綠草生。廣屋陰兮簷帷陰,房櫳虛兮風泠泠。感帷裳兮發紅羅,紛綷縩兮紈素聲。」凡是居住宮殿中可見可感的門窗、華殿、玉階、中庭、廣屋、房櫳等,都映入眼簾,原本沒有生命的物件,在班婕妤感受下,運用閉禁、塵苔、陰暗、虛空、泠泠等形容詞表達心情,沒有生命的物件即使美麗,也顯得哀愁,體物手法真是細膩入微。其中唯一鮮紅的色彩是「感帷裳兮發紅羅」,「紅羅」是為了等待君王來臨的衣著,只是不知等了多久,等到風吹起衣裳,才驚覺自己的孤獨。接著一句「神眇眇兮密靚處,君不御兮誰為榮?」,對君王當年的寵幸有無限的回憶。此時的記憶是情感的記憶,這些記憶令人很難忘懷,它總會冷不防的出現,當**寵幸**遠逝,班婕妤努力以書寫來跳脫情感的時空,企圖模糊心底的印記時,曾經的相處,卻不經意的出現腦海,將人拖回不願回首的時空。這些壓箱底的記憶,班婕妤的筆如實的記錄下來。

在班婕妤受到趙飛燕譖告時,必須面對生命可能發生死亡的事實,川合康三所言「在司馬遷的自敘中,司馬談未能參加封禪、自己遭李陵之禍,都是一些直面死亡的大事件,成為自傳敘述的核心。」[36]班婕妤同樣直面死亡的大事件,

---

[36] 川合康三著、蔡毅譯:《中國的自傳文學》,北京;中央編譯出版社,1999年,頁 28。

而班婕妤決定退出後宮戰場，在「供養皇太后於長信宮」的歲月中，班婕妤理性的交待身後之事，這段歲月，若無特殊事件發生，班婕妤的一生重要事蹟敘事上已顯完整。

班婕妤在承認與接受失寵的思索過程中，對於生命提出三個疑問：其一「雖愚陋其靡及兮，敢舍心而忘茲？」、其二「豈妾人之殃咎兮，將天命之不可求？」、其三「神眇眇兮密靚處，君不御兮誰為榮？」這三個疑問，班婕妤觸及到天命無常的道理，要求自己不怨天不尤人之後，以「天命之不可求？」得到答案。即使「白日移光」──歲月在流逝，即使「奄莫昧幽」──前面的路是如此昏暗不明，仍記得自己曾經「覆載厚德」──得到無限寵幸，短暫卻也是永恆，不必再責怪任何人。班婕妤在自傳中記憶著青春，也記憶著衰老，記憶著誕生，也記憶著死亡。她的身體記憶著面對死亡時對復活的渴望。身體裡有一個非常早的記憶，覺得自己是一粒種籽，蜷縮在幽暗密閉的空間裡。

在班婕妤為自己尋求另一個安身之處後，寫下：「奉供養於東宮兮，託長信之末流，供灑掃於帷幄兮，永終死以為期。願歸骨於山足兮，依松柏之餘休。」明確提及「死亡」，這可說是最早的遺言，先說明自己期望埋葬的地方是「山足」，即山腳下，而「依松柏之餘休」附近有松樹和柏樹可遮蔭，清晰的交待後事，有如此想法的女性何其少！在尚未死亡之前，想橡並敘述死亡的埋葬地，此乃亞里士多德言：「詩人的職責在于描寫可能發生的事，即按照可然律或必然律可能發生的事。」死亡是必然律可能發生的事。對於生命，班

婕妤更是透澈，在重曰云：「惟人生兮一世，忽壹過兮若浮。」
如浮雲或如浮萍的一世，都是過眼雲煙。

與司馬遷〈悲士不遇賦〉云：「無造福先，無觸禍始。
委之自然，終歸一矣！」[37]有異曲同工之深意。

三、宮怨賦的傳統與開展

兩漢的言語侍從之臣，在群己雙方都以從政的心態來自
我期許，因此賦作有了一系列「感士不遇」的作品，主要內
涵是時不我予或命之不幸[38]，董仲舒和司馬遷的「士不遇」
賦作皆屬之。班婕妤的兩篇賦成為全漢賦中難得之作品，同
時班婕妤也在男性的「感士不遇」書寫傳統中，開創了女性
「秋扇見捐」的書寫，文人士子的遇與不遇，其實就是後宮
的寵與不寵。時間在流動，寵愛也在變動，有如朱曉海所言：
「任何事件都是無法重複的單一存在，時、空、人、物上的
任何變數都會令全局改易。」[39]當漢成帝寵愛了趙飛燕，趙
飛燕為了獨佔這份愛，製造了混亂的秩序，班婕妤被傷害之
後，面對即將消逝的幸福，當然有所感傷。在她之前，陳皇
后也有相同遭遇，陳皇后卻無法自己寫賦自述，請了司馬相

---

[37] 費振剛輯校：《全漢賦》，北京；北京大學出版社，1993 年，頁 142。

[38] 有關漢賦中「士不遇」所透露的群己關係，詳參〈學者的挫折：論賦的一種型式〉，Helmut Wilhel 著，劉紉尼譯，收入《中國思想與制度論集》，臺北：聯經，1979 年。

[39] 朱曉海：《漢賦史略新證》，西安：陝西人民出版社，2004 年，頁 113。

如代筆[40]，司馬相如為陳皇后寫下〈長門賦〉，此賦以寫哀怨之情為主，陳洪治認為「〈長門賦〉是一篇優秀的抒情小賦，後代宮怨類題材的詩歌很大程度上都受到了這篇賦的影響」。[41]

（一）〈長門賦〉與〈自悼賦〉

司馬相如〈長門賦〉為宮怨賦的濫觴，作者自擬為一佳人，憔悴獨居，等待君王重新臨幸，賦中女子形容自己：「舒息悒而增欷兮，蹝履起而彷徨。揄長袂以自翳兮，數昔日之殃。」，建構出寂寞的女性形象，可是類此宮怨賦說話的主體仍是男性，司馬相如為陳皇后寫〈長門賦〉時，即轉而僭用女性身份，創造新的說話主體，賦中的女性主體充滿了異質性，司馬相如模擬陳皇后思念君王的形象，呈現的女性形象是受觀看憐憫的對象，而非有決斷力的主體。到了班婕妤的〈自悼賦〉才顛覆了由男性擬女性的書寫傳統，女性的怨由現實中的女性生命經驗親自說出，這也是班婕妤書寫的意義所在。

〈自悼賦〉的題材為宮怨，而以怨為主的題材，從屈原的〈離騷〉開始，即採「兮」字的楚辭體式書寫，亦有謂之騷體賦者[42]，而這些漢代騷體賦大部分不僅以賦名篇，在寫

---

[40] 費振剛輯校：《全漢賦》，北京：北京大學出版，1993年，頁242。

[41] 陳洪治編著：《賦》，北京：北京大學出版，2004年4月，頁77。

[42] 見費振剛輯校《全漢賦》於前言：「漢代作家寫的賦，其中有一些是抒情賦，借鑒了楚辭的形式，故有騷體賦之稱。」，北京：北京大學出版，1993年，頁5。

法上擺脫代屈原立言的模式，而是以作者自己的身份去抒發
個人的感受，騷體賦是賦家在無限膨漲的君權下所覓得的出
路，因此，表現在賦作中，無論是「死生無常」、「悲士不遇」、
「詠史與懷古」、「思君與望鄉」等主題意識都透露著一股「忠
怨」的悲感。既悲政教價值理想失落，也怨個人現實權位喪
失，乃「悲世之怨」與「悲己之怨」的融合。特殊的是，漢
代騷體賦家抒發悲感時，往往通過屈原此一歷史經驗的型
塑。因此，漢代騷體賦可說是直承屈騷，而在深層情志、比
興暗碼與形式體製等三方面繼續創變。[43]正是這種直承的關
係，令班婕妤的〈自悼賦〉有了創新的開展，也是目前正史
記載女性寫作的第一人。

(二)宮怨賦歸類問題

　　以上從歷史脈絡和書寫內容探究〈自悼賦〉的文學地
位，就宮怨的書寫內容而言，在賦的歸類上宮怨賦又是如何
開展的？蕭統在《文選》中，將賦分為十四類，其中一類為
「情」，視為抒「情」的賦：有〈高唐〉、〈神女〉、〈登徒子好
色〉、〈洛神〉賦，這些賦都具有情愛綺思的意淫內容[44]，也

---

[43] 王學玲《漢代騷體賦研究》（中央大學中文所碩士論文，1996 年）認為，
王學玲另有〈文學歷史中的漢代騷體賦──文學評價方法的檢討與提出〉（先
秦兩漢論叢第一輯，臺北：洪葉文化公司，1999 年）一文，提出「文學發
展」的評價方法，主張從體制的開創、風格典範之建立與主題或題材之拓
展等方面重新檢討。

[44] 李善注：《文選‧卷十九‧賦癸‧情》，臺北：藝文印書館，1971，頁 270，
目下善注：「性者，本質也；情者，外染也，色之別名，於事最末」；〈高
唐賦〉題下善注：「此賦蓋假設其事，風諫婬惑也」；頁 274，〈登徒子好
色賦〉題下善注：「此賦假以為辭，諷於婬也」。

就是說，以最狹義的男女愛、欲為情[45]，對人際之生離死別與無常的哀怨之作則另立〈哀傷〉一類，其中有〈長門〉、〈思舊〉、〈寡婦〉、〈恨〉、〈別〉等賦，當時未列〈自悼賦〉，若依此分類則〈自悼賦〉當在其中。顯而易見，〈哀傷〉一類與抒〈情〉的賦，已然重疊，因此如此分類無法看出賦的題材性質。

另外《藝文類聚》將司馬相如的〈長門〉、江淹的〈恨〉賦收入卷三十〈人部十四・怨〉，與董仲舒的〈士不遇〉、司馬遷的〈悲士不遇〉、班婕妤的〈自傷〉、丁廙的〈蔡伯喈女〉賦並列，已將男性不遇與女性失歡之怨相題並論。然而仍未有以女性作者為思考方向的〈宮怨〉或〈閨怨〉類。論其原委，班婕妤甍守空闈，失歡見出，雖以女性角度撰寫閨怨之作，[46]然而大部份的宮怨賦作是由男性以女性代言人的身份在書寫，傳統都從託喻角度解讀，以男女關係比喻君臣關係，認為男性作者以假怨婦、棄婦之口吻說自己對生命的怨懟、企慕或忠貞，形成以男女戀愛為包裝的士不遇賦，並非親身體驗。

從漢代到魏晉，如此代言和包裝依舊存在，如曹丕、

[45] 陳立：《白虎通疏證・卷八・總論性情》，臺北：鼎文書局，1973，頁127：「六情者何謂也？喜、怒、哀、樂、愛、惡、欲七者弗學而能」；戴明揚：《嵇康集校注・卷五・聲無哀樂論》，臺北：河洛圖書出版社，1978，頁199：「夫喜、怒、哀、樂、愛、憎、懟、懼凡此八者，生民所以接物傳情」。

[46] 如《漢書》，卷九七下〈外戚傳・孝成班婕妤傳〉，頁1694-5，班氏〈自悼賦〉；《晉書》，卷三一〈后妃列傳上・左貴嬪傳〉，頁674，左芬〈離思賦〉；《類聚》，卷三四〈人部十八・哀傷〉，頁603-4引鍾琰〈遐思賦〉、孫瓊〈悼艱賦〉。

潘岳在喪失知交後,卻不直接寫思友或思舊賦,而是用知交
髮妻的角色寫〈寡婦賦〉[47],此刻性別成為解讀上的錯亂,
男性在政治和生活中的情感上表達,顯得曖昧懦弱,只能以
戀愛為表的宮怨賦呈現:其中的女性不過是個沒有自主權的
角色,明顯看到男性作家運用異性為媒介物,表達對另一同
性的嚮往[48]。建安以降,怨婦、棄婦、寡婦成為賦作的熱門
題材,值得注意的是,作者全是男性,根本沒有見棄閨中或
未亡人的實際體驗,僅以代言人身份敘寫情懷。從屈原開始,
美人香草已是政治譬喻,由屈原將自己以美人自喻到宋玉寫
我與美人的關係,接著司馬相如為陳阿嬌代言,可整理出「作
者是美人」到「作者與美人」的轉變,而班婕妤則開創了「美
人是美人」的先驅,因此筆者以為司馬相如〈長門賦〉是宮
怨賦的傳統代表,女人在那傳統的裸露癖角色中被人觀看和
展示,在男人的凝視中,她們沒有自我,是男性作家的影子
或想像。直到班婕妤的〈自悼賦〉為宮怨賦開展了新的主體,
女性有了自己的感情,也有了自己的抉擇。

(三)〈搗素賦〉與〈怨歌行〉

〈自悼賦〉代表的是女性在自我的發現中書寫自己的生
命,並因此確認自我,發展自我個性。班婕妤除了〈自悼賦〉,

---

[47] 分見歐陽詢:《類文聚聚·卷三四·人部十八·哀傷》,臺北:文光,1997
年,頁600、《文選·卷十六·賦辛·哀傷》,頁237-40。

[48] 朱曉海:《漢賦史略新證》,西安:陝西人民出版社,2004年,頁512。

還有一篇〈搗素賦〉[49]，描寫她所觀察到的後宮的宮女生活，亦屬宮怨賦的範疇。劉熙載對班婕妤的〈自悼賦〉未有評論，然對〈搗素賦〉卻評價甚高，其言「班婕妤〈搗素賦〉怨而不怒，兼有『塞淵、溫惠、淑慎』六字之長，可謂深得風人之旨。」

由於〈搗素賦〉沒有標明寫作時間，只能由內容分析寫作的約略時間，由〈搗素賦〉開頭言：

> 佇風軒而結睇，對愁雲之浮沉。」到結束「計修路之迢夐，怨芳菲之易泄。書既封而重題，笥已緘而更結，慚行客而無言，還空房而掩咽。

可推論〈搗素賦〉的寫作時間應在〈自悼賦〉之後，其宮怨心聲延續了〈自悼賦〉的抒情方式，只是描寫眼中所看到的宮女盡青春之姿，如「笑笑移妍，步步生芳。兩靨如點，雙眉如張，頰肌柔液，音性閑良。」這種青春愉悅不就是當年的自己？〈搗素賦〉雖非以自傳方式敘事，卻是自傳心情的輔證。

值得一提的還有，班婕妤寫〈自悼賦〉和〈搗素賦〉時，都引用了《詩經》的篇章，〈搗素賦〉中言：「歌《采綠》之

---

[49] 章樵注：《古文苑》，臺北：鼎文書局，1973 年。收錄一篇冠於班婕妤名下的〈搗素賦〉。唐高祖武德年間下令編撰的《藝文類聚》卷八五〈布帛部・素〉已經節錄了此賦；《文選》卷十三〈賦・物色〉所收謝惠連〈雪賦〉善注也稱引此賦。然李善注特別說：「然疑此賦非班婕妤之文」，但因「行來已久，故兼引之」。筆者於此亦採兼論之說。

章，發《東山》之詠。」與〈自悼賦〉中所言：「綠衣兮白華」，
可互相對照出《詩經》對班婕妤溫柔敦厚之身教影響。而〈搗
素賦〉全篇句法有三言、四言、六言、七言，三言如「擇鸞
聲，爭鳳音」，四言如「鍾期改聽，伯牙弛琴」[50]、，六言如
「懷百憂之盈抱，空千里兮飲淚」、七言如「調鉛無以玉其貌，
凝朱不能異其唇」。句法比〈自悼賦〉更為參差錯落，舒卷自
如，雖有眼淚有憂慮，已不像〈自悼賦〉之痛苦。

　　另外一首〈怨歌行〉亦有謂班婕妤作品，一併在此討論。
〈怨歌行〉又名〈團扇詩〉，此詩表面上寫的是團扇的特質與
遭遇，但實際上它是一首借物喻情的憂怨詩，詩人藉詠扇抒
以發婦女擔心失寵的憂慮和痛苦之情的作品。全篇詩歌雖沒
半句寫人，但卻令讀者強烈感受到作者詠扇即詠人的寫作手
法。詩的內容如下：

> 新裂齊紈素，鮮潔如霜雪。裁為合歡扇，團團似明
> 月。出入君懷袖，動搖微風發。常恐秋節至，涼飆
> 奪炎熱。棄捐篋笥中，恩情中道絕。

　　表面上它所描繪的是一把團扇的身世自述，句句卻暗喻
人 。比如開頭四句，表面上是讚美紈素的潔白和團扇的精
美，細味之下，更像比喻女子美好的體態和品格。「出入君懷
袖，動搖微風發」則喻女子受到男子恩寵時的情況，正如李

---

[50] 賦家對鍾子期和伯牙的知音故事，不論男女皆心嚮往之，如丁儀〈厲志賦〉
　　中言：「顧鍾子之既沒，牙輟絃而改聽。」見費振剛輯校：《全漢賦》，
　　北京：北京大學出版，1993 年，頁 743。

善於《昭明文選》所注:「比謂蒙恩幸之時也。」 最後四句則比喻女子已經失去寵幸,被捐棄了。〈怨歌行〉中所言被拋棄的人是誰?是否是班婕妤?也就是〈怨歌行〉的作者,歷來有許多爭議。

《文心雕龍·明詩》篇云:「成帝品錄三百餘篇,朝章國采,亦云周備,而辭人遺翰,莫見五言。所以李陵、班婕妤見疑於前世也。」又據《漢書·外戚傳》記載,只提及班婕妤為趙飛燕所譖,退居長信宮,「作賦自傷悼」,並沒有說過她曾作《怨歌行》。因此,有些學者也認為本詩應為漢代的樂府古辭,作者並非班婕妤;亦有認為作者即班婕妤者。[51] 今從《漢書》漢書所記載的班婕妤身世和〈自悼賦〉自述遭遇來看,〈怨歌行〉的內容和意境頗多相似之處。「知其人,論其世」,即使〈怨歌行〉作者不是班婕妤本人,也是深知班婕妤心境者,至於此詩為何冠上班婕妤之名?以〈怨歌行〉中具有《詩經》的現實主義傳統角度來看,以班婕妤熟讀《詩經》之心境,此詩冠其名實不足為奇!筆者在此以為,可將詩歌內容與班婕妤的身世互為參看,有如黃士忠言〈怨歌行〉:「究其本來,不如說它是禮教社會中女性生活的一個側

---

[51] 蕭滌非於《漢魏六朝樂府文學史》第一編言:班詩人多疑為偽作,蓋未加細察,而猶有班固二字橫隔其胸中,餘則深言不疑:第一,以時代論,有產生此種作品之可能。第二,文如其入。『出入君懷袖,動搖微風發。』不管六朝,文論晉魏,總之非班姬不能道。第三,有歷史之根據,按曹植班婕妤贊雲:『有德有言,實為班婕。』傳玄班婕妤畫贊亦雲:『斌斌婕妤,履正修文。』至陸機婕妤怨:『寄情在玉階,託意在團扇』,則明指此詩矣。可見自魏晉以來,代有識者,固不自昭明入選始也。」此段文字更肯定班婕妤作怨歌行是勿庸置疑的事實。

影。」[52]

四、結語

　　無庸置疑，班婕妤影響了班昭，班婕妤的〈自悼賦〉和班昭的〈東征賦〉，所代表的是賢良又獨立的已婚婦女形象，唯有透過才與德兼美的宣示下，女作家才得以將閨閣與作家的雙重身份與以正當化。在漢賦中涉及母子關係者，僅班婕妤之〈自悼賦〉「痛陽祿與柘館兮，仍繈褓而離災。」和班昭〈東征賦〉之「余隨子乎東征」。雖然班婕妤無緣為母，卻能真實記錄心聲。曹植〈班倢伃讚〉稱她「有德有言，實惟班婕」，可謂知音。[53]曹植之「有德有言」來自《論語憲問篇》：「子曰：有德者必有言，有言者不必有德」。其中的「有言」，指班婕妤被誣賴而接受考問時的對答之詞，亦指〈自傷賦〉的寫作。

　　顯而易見的，由於《漢書》之歷史記載，由於班婕妤〈自悼賦〉之自我陳述，由於班婕妤對於女性人物內心世界的開發與呈現，成後來六朝詩人大量吟詠班婕妤，造成班婕妤現

---

[52] 黃士忠：《落絮望天──負心婚變與古典文學》，陝西人民教育出版，1991年，頁49

[53] 曹植：《曹集詮評》6卷，北京：文學古籍出版，1957年，頁95。曹植寫了許多讚，其中有許多是關於這些妃后們的，如《女媧讚》、《姜嫄簡狄讚》、《禹妻讚》、《班婕妤讚》等。有德有言，實惟班婕。盈沖其驕，窮其厭悅。在夷貞艱，在晉正接。臨飆端幹，沖霜振葉。（《班婕妤讚》）對於由妒忌而生的禍亂政治的後果予以否定的譴責。

象。[54]如陸機有〈婕妤怨〉詩云:「婕妤去辭寵,淹留終不見,寄情在玉階,託意為團扇。春苔暗階除,秋草蕪高殿,昏黃履綦絕,愁來空雨面。」[55]其中「寄情在玉階」指的是〈自悼賦〉第三段的「華殿塵兮玉階苔,中庭萋兮綠草生。」,「愁來空雨面」指的是〈自悼賦〉中的「雙涕兮橫流」,看來陸機重視的是班婕妤哀怨的形象,陸機首先斷章取義,將〈自傷賦〉中敘哀的部分與班婕妤的〈怨歌行〉「團扇」意象組合在一起,寫成〈婕妤怨〉,替此後六朝文人劃定了大致規模及拓展的伏線。

其實不只六朝,唐朝詩人也常以班婕妤入詩,如李白〈長信宮〉:

> 月皎昭陽殿,霜清長信宮。天行承玉輦,飛燕與君同。別有歡娛處,承恩樂未窮。誰憐團扇妾,獨坐怨秋風。[56]

此詩難得的將趙飛燕與班婕妤作對比,「天行承玉輦,飛燕與君同」兩句暗喻班婕妤謹守禮份,不願同行的玉輦,如今同行的是飛燕。末兩句「誰憐團扇妾,獨坐怨秋風。」,依舊有「團扇」意象,依舊有班婕妤哀怨的形象,而班婕妤所居之長信宮已經用來代稱失寵妃嬪。唐朝詩人常以昭陽與

---

[54] 蘇佳文:《六朝詩文之班倢伃與王昭君現象研究》,暨南大學中文系碩士論文,2007 年。

[55] 陸士衡著,郝立權注:《陸士衡詩注》,藝文印書館,1976 年,頁 27。

[56] 《全唐詩》,第三冊,第 184 卷,頁 1885。

長信二詞，代稱與對比妃嬪的失寵或受寵。若如依若芬所言：

> 一旦被當成歷史典故，無論在文學或是繪畫方面，
> 都會被創作者任意挪移到他所樂意觀看的位置，給
> 與描述和品評，過程中經過截取和篩選，原有的個
> 體完整性被修改或重製，於是不復原貌。[57]

可見〈怨歌行〉的「團扇」典故一直被文人拿來「描述和品評」班婕妤，這是文人「所樂意觀看的位置」，〈怨歌行〉是否是班婕妤所寫，已然不重要了。

到明末，女詩人徐燦依然喜愛以班婕妤為題材，其〈長信怨〉云：「君心嫌故扇，懷袖起涼飆，揣分辭雕輦，承歡侍洞簫。綺羅秋御冷，歌吹夜聞遙，猶得陪長信，餘恩感未銷。」[58]「故扇」和「懷袖」運用的仍是〈怨歌行〉的典故，至於「辭雕輦」用的是《漢書》的史實記載。由六朝到明代，詩人無法避以團扇入詩，可見文人大體認為〈怨歌行〉應是班婕妤的作品。而班婕妤所營造之自我形象已為後代文人所傳誦。

---

[57] 《婦海縱橫》之〈出塞或歸漢——王昭君與蔡文姬圖像的重疊與交錯〉，第74期，2005年4月，頁13。
[58] 徐燦：〈長信怨〉，《拙政園詩集》，卷上，頁16。

附錄〈自悼賦〉
（全文所錄以《漢書外戚傳》為底本）

　　承祖考之遺德兮，何性命之淑靈；登薄軀於宮闕兮，充下陳於後庭。蒙聖皇之渥惠兮，當日月之盛明；揚光烈之翕赫兮，奉隆寵於增成。既過幸於非位兮，竊庶幾乎嘉時；每寤寐而累息兮，申佩離以自思；陳女圖以鏡鑑兮，顧女史而問《詩》。悲晨婦之作戒兮，哀褒、閻之為郵；美皇、英之女虞兮，榮任、姒之母周。雖愚陋其靡及兮，敢舍心而忘茲？歷年歲而悼懼兮，閔蕃華之不滋。痛陽祿與柘館兮，仍繈褓而離災，豈妾人之殃咎兮？將天命之不可求。

　　白日忽已移光兮，遂晻莫而昧幽，猶被覆載之厚德兮，不廢捐於罪郵。奉共養於東宮兮，託長信之末流，供洒埽於帷幄兮，永終死以為期。願歸骨於山足兮，依松柏之餘休。

　　重曰：潛玄宮兮幽以清，應門閉兮禁闥扃。華殿塵兮玉階苔，中庭萋兮綠草生。廣屋陰兮簷帷暗，房櫳虛兮風泠泠。感帷裳兮發紅羅，紛綷縩兮紈素聲。神眇眇兮密靚處，君不御兮誰為榮？俯視兮丹墀，思君兮履綦。仰視兮雲屋，雙涕兮橫流。顧左右兮和顏，酌羽觴兮銷憂。惟人生兮一世，忽壹過兮若浮。已獨享兮高明，處生民兮極休。勉虞精兮極樂，與福祿兮無期。綠衣兮白華，自古兮有之。

附錄提醒

　　班婕妤名字已不可考，僅留下「倢仔」這個官名，「倢仔」設立於漢武帝時，據《漢書外戚傳序》記載：「至武帝制倢仔、娙娥、傛華、充依，各有爵位，而元帝加昭儀之號，凡十四等云。昭儀位視丞相，爵比諸侯王。倢仔視上卿，比列侯。」[59]顏師古注解「倢仔」言：「倢，言接幸於上也。仔，美稱也。倢音接。仔音予，字或從女，其音同耳。」由此解開「倢仔」今皆書寫「婕妤」之惑。本書以婕妤書寫，為強調其為女性身分。

　　若以班婕妤的名字對應居禮夫人，兩人處於不同時空，卻都沒有以自己的名字流傳於後世，現今教科書有人提出恢復偉大的女性科學家居禮夫人的名字，其意實在於女性有其獨立自主之身分。值得討論並思考之！

---

[59]　費振剛輯校：《全漢賦》，北京：北京大學出版，1993 年，頁 242。

青春的影／在圓扇落款／輕輕一點扇尖／就是冷暖的橋樑／可以陪伴感動／可以如風流散／答案在心靈中換季。

（湘鳳為班婕妤賦詩，繪圖：田明玉）

以飛燕般裙擺姿態／懂得彎曲／並摺疊亭亭柳腰／遠處婕妤／
只能讓詩書在深宮流浪。

（湘鳳題詩，繪圖：田明玉）

以青春揮灑彩虹袖/隨時腳尖輕盈一點/就點出能善舞的嫵媚。

（湘鳳題詩，繪圖：田明玉）

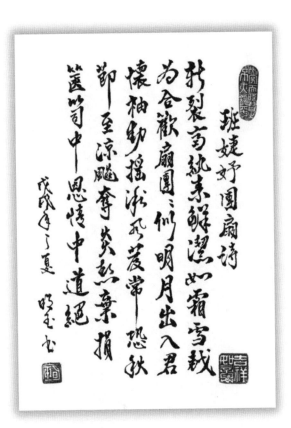

新裂齊紈素，鮮潔如霜雪。裁為合歡扇，團團似明月。出
入君懷袖，動搖微風發。常恐秋節至，涼風奪炎熱。棄捐
篋笥中，恩情中道絕。

（班婕妤團扇詩，書法：田明玉）

青春的影，在圓扇落款，輕輕一點扇尖，就是冷暖的橋樑，
可以陪伴感動，可以如風流散，答案在心靈中換季。

（湘鳳為班倢伃賦詩，書法：蔡志懋）

有一扇窗，班婕妤皺了眉，流了淚，將愛情打了結，像是
逗點或者句號，也像是以冒號延伸生命座標。有一扇窗，
是班昭思想的門牌，美在綠意不除，盎然奔放行旅現場。
有一扇窗，徐燦撫琴吟唱過，總有蓮花如畫，花香散在兒
女筆記上。有一扇窗，秋瑾講學過，雲雲霧霧在一杯茶，
總有山巒起伏的心靈。

(湘鳳為此書之女性賦詩〈跨越時空的那扇窗〉，書法：蔡
志懋)

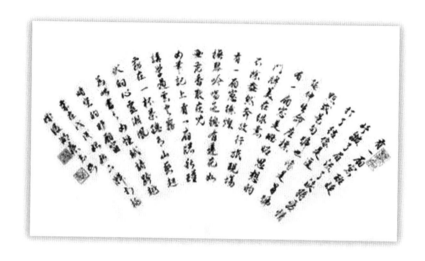

有一扇窗，班婕妤皺了眉，流了淚，將愛情打了結，像是
逗點或者句號，也像是以冒號延伸生命座標。有一扇窗，
是班昭思想的門牌，美在綠意不除，盎然奔放行旅現場。
有一扇窗，徐燦撫琴吟唱過，總有蓮花如畫，花香散在兒
女筆記上。有一扇窗，秋瑾講學過，雲雲霧霧在一杯茶，
總有山巒起伏的心靈。

（湘鳳為此書之女性賦詩〈跨越時空的那扇窗〉，書法：蔡
志懋）

俯視兮丹墀，思君兮履綦。仰視兮雲屋，雙涕兮橫流。顧左右兮和顏，酌羽觴兮銷憂。惟人生兮一世，忽一過兮若浮。已獨享兮高明，處生民兮極休。勉虞精兮極樂，與福祿兮無期。綠衣兮白華，自古兮有之。

（班婕妤自悼賦，書法：蔡志懋）

第二章　班昭〈東征賦〉
——為兒離鄉之行旅書寫

一、前言

　　從屈原開始，流放遠方成為被迫旅行的主題，若非不得已，傳統文人少有主動旅行的動機，因此中國文人與旅行之間的交集不多，婦女旅行的文本則為數更少。其中，漢代班昭的〈東征賦〉一文，可視為中國第一篇婦女行旅的作品。為了喚醒被遺忘已久的婦女賦體文本，本章嘗試以婦女視角分析班昭〈東征賦〉，藉由賦的行旅議題整理出婦女的多樣面貌。首先針對中國紀行賦傳統做一爬梳整理，勾勒男性賦家之寫作特質，據此檢視班昭身為母親的婦女修身觀念，以及婦女書寫與男性賦家之間的繼承與變化；其間班昭的書寫是否懷有傳統紀行賦的影響焦慮？其次將專注在班昭〈東征賦〉中關於典籍閱讀與歷史空間的書寫，試圖分析班昭作品中的離家自我追尋方式及異於男性的書寫風景。

　　漢代班昭寫有〈東征賦〉、〈鍼縷賦〉、〈大雀賦〉、〈蟬

賦〉四篇賦，其中〈東征賦〉一文，可視為中國第一篇婦女行旅的作品，其它三篇則為短篇之詠物作品。值得關注的是，班昭的〈東征賦〉和班婕妤的〈自悼賦〉，是漢代少有的女性賦家作品，而且具有賦史的重要地位。〈自悼賦〉開啟了女性賦體自傳的宮怨書寫，班昭的〈東征賦〉則奠定了婦女紀行賦的地位。在漢朝社會文化環境的限制之下，欣喜有班昭〈東征賦〉一文，這篇作品應可視為中國第一篇婦女離家之行旅作品。從書寫角度切入，班昭的〈東征賦〉提醒已婚婦女如何面對困境及無力感，並如何給自己製造空間，賦予教育子女的意義。其書寫以自己親身的感受來實際呈現歷史個案，若將班昭的賦置於賦作的發展中，其獨特性是值得重視的。

二、班昭賦作背景

班昭（49-120）是漢朝少數婦女有機會離家出走，並留下行旅紀錄的賦家，漢代對於婦女的限制極為嚴格，傳統中國於性別及空間規範有著嚴謹區別，由社會倫理規範一路擴展至生活的實質空間，男女皆有清楚及截然不同的劃分。東漢儒家婦女觀是在西漢董仲舒以來的婦女觀基礎上的強化和實用化，並且著重傾向於對婦女性格的貶抑。東漢初期婦女觀集中地體現在班固的《白虎通》中：

> 夫婦者，何謂也？夫者，扶也，扶以人道者也。婦
> 者，服也，服於家事，事人者也。[1]

　　班固從文字涵義上將人為的性別社會規範內容強加在
文字本身的涵義上，讓婦女受到嚴苛的社會規範，也使男女
關係由相對走向絕對。男外女內是古代封建貴族居家的生活
規範，男女各有不同的生活空間，在日常生活中，更加強調
妻子對丈夫的絕對服從：

> 男女者，何謂也？男者，任也，任功業也。女者，
> 如也，從如人也。在家從父母，既嫁從夫，夫沒從
> 子也。[2]

　　在這樣重重限制下，中國婦女要離家出遊機會甚少，不
像男性可以活躍於政治領域，追求功業掌控權力，又因家庭
附屬於社會，故婦女只能順從丈夫，夫死則順從兒子。但也
因「在家從父母，既嫁從夫，夫沒從子」的觀念，讓身為寡
母的班昭在處處受限制的社會背景下，為了陪同到遠方為官
的兒子，有了積極創造屬於自己生活空間的機會，到底是如
何的生活環境造就了班昭這位重要賦家？筆者先從班昭生平

---

[1]　《白虎通義》，又稱《白虎通》，東漢班固撰。《四庫全書》將這部書收入
　　子部雜家類。見陳立：《白虎通疏證》卷一，臺北：中華書局 1994 年版，
　　頁 21。

[2]　《白虎通義》，又稱《白虎通》，東漢班固撰。《四庫全書》將這部書收入
　　子部雜家類。見陳立：《白虎通疏證》卷一，臺北：中華書局 1994 年版，
　　頁 145。

談起：

(一)班昭生平

班昭（49-120）是漢朝才女的代表，在《後漢書‧列女傳》[3]道盡她才華洋溢的一生，十四歲時嫁給同郡曹世叔為妻，但曹早亡，班昭獨立撫養兒女長大，至七十餘歲，終生沒有改嫁。生為文學大家班彪的女兒、史學家班固之妹，她文筆才情直追父兄，史、政、文三方面知識兼備，不僅續修《漢書》之〈八表〉、〈天文志〉，也是《漢書》的主要傳授者；在鄧太后臨朝主政並參與政事，獲得「曹大姑」尊稱，范曄稱讚她「節行法度」、「博學多才」。其後更德蔭子孫，其子受封關內侯官至齊相；在文學作品方面，留有〈東征賦〉、〈大雀賦〉及《女誡》七篇等，共多篇文章傳世[4]；班昭為家中女子教育所作《女誡》，因主張女性卑弱、順從思想，符合儒家文化價值觀，經過後世男性大力宣揚，成為傳統中國女性教育經典之作，後世續作女教書籍及傳頌者亦多。現將《女誡》與〈東征賦〉作互文式的對照[5]，以明班昭之創作心態。

---

[3] 范曄《後漢書》記載：「扶風曹世叔妻者，同郡班彪之女也，名昭，字惠姬。年十四，娉世叔。和帝數召入宮，令皇后、貴人師事焉，號曰大家。兄固修漢書，不終而死，大家續之。時馬融受業於大家。」（北京：中華書局，卷 84，1965 年），頁 2784-92。

[4] 班昭及其文章，皆參考范曄：《後漢書》，卷 84，北京：中華書局，1965年，〈列傳〉第 74，〈列女傳〉，〈曹世叔妻班昭〉，頁 2784-92。本文所引之〈東征賦〉、《女誡》咸用此本，不另注。

[5] 參[法]蒂費納‧薩莫瓦(Tiphaine‧Samoyault)著、邵煒譯：《互文性研究》，天津：天津人民出版社，2003 年 1 月，頁 3-11。

東漢儒家婦女觀的大總結是在班昭的《女誡》中[6]。《女誡》共分〈卑弱〉、〈夫婦〉、〈敬慎〉、〈婦行〉、〈專心〉、〈曲從〉、〈和叔妹〉七章。以婦女陰柔的角度系統地規範婦女的婦德修養和如何面對丈夫、公婆與叔妹的關係。身為女性的班昭，較男性更容易抓住婦女生活的心理細節加以循循善誘。由於班昭寫作此書的緣由是擔心女兒不聽訓誨，不聞婦禮，會被宗族恥笑，因此，總結她一生周旋於夫家的經驗而成。《女誡》總體上帶有非常強的自我壓抑色彩，主要圍繞如何討好丈夫、公婆和叔妹的歡心，以達到在夫家生存下去的目的而闡述。這些生活中細微的規範準則，隨時提醒女子婚姻生活必須加以負擔的重責，再加上事奉姑舅等家務塵事，日常生活俗務對女性而言，是無可逃避的重責大任。由《女誡》中，可以看出班昭所深信的是「道德母性」，她並非以受害者角色來承受，而是從閨範的堅持中得到道德力量感。[7]職是，身為一個守節多年的寡婦，班昭得以享有其他女子所不能擁有的道德自由，她能打破女子居內不言外的空間限制，得以續作《漢書》，並發揮〈東征賦〉的書寫力量。這樣的自由堅持，值得後代婦女學習。

(二)班昭行旅之動機

　　〈東征賦〉開頭已指出，「惟永初之有七兮，余隨子乎

---

[6] 有關《女誡》的引文都出自《後漢書‧列女傳》，不再分別標明出處。

[7] 有關班昭的道德感，參見 Lily Xiao Hong Lee，*The Virtue of Yin ：Studies on Chinese Women*（Australia ：Wild Peony，1994），頁 11-24。

東征」，[8]永初是漢和帝年號，當時班昭兒子班穀身為陳留之地的首長，班昭隨班穀至官上任，因此寫東征賦，賦中班昭描寫從洛陽到陳留的經歷。由行文可知，班昭此次離家是以母親身份陪伴兒子赴任而去，並非婦女主動自發性的外出旅遊，班昭展現的是社會空間。做為傳統中國婦女，「三從」條律影響深遠， 班昭陳留之行雖非其所願，她仍坦然選好「良辰」、「吉日」，帶著惆悵不捨及眷戀，離開家鄉「隨子赴任」。這說明女性身體的孕育功能是項事實，而因此拓展了女性身體的空間化。

班昭與漢朝文人的旅行大多為流亡或是貶謫之旅不同，在男性紀行賦中，離與返都操之在己，迫使他們離家遠行大都在於政治動亂、不被君主重用等因素，如班彪之〈北征賦〉。男性因家國因素而流亡，關注的焦點在於士人與國家之間的對話及情感交流，認為放逐或避難只是一時的，總有回故鄉的一天。

對班昭而言，她與兒子在一起才是完整的家，因此以旅者身份停留的家，成為了暫時的家，旅行總有期待歸家之時，「離家」與「返家」的相互激盪，在旅途中會不停的折磨低迴，「家」的存在與返鄉可說是旅行得以成立的基本前題。在此同時，「旅行」也成為一往一返的圓形結構 。班昭〈東征賦〉中，對於「家」的不時觀照，今昔對比，在啟程即形成濃郁的「鄉愁」。

---

[8] 蕭統《文選》：「東征賦記載大家集曰：子穀為陳留長，大家隨至官，作東征賦。流別論曰：發洛至陳留，述所經歷。」（臺北：文津出版社，1987年），頁 432。

乃舉趾而升輿兮，夕予宿乎偃師。遂去故而就新兮，
志愴恨而懷悲！明發曙而不寐兮，心遲遲而有違。
酌撙酒以弛念兮，喟抑情而自非。諒不登樔而棨兮，
得不陳力而相追。且從眾而就列兮，聽天命之所歸。
遵通衢之大道兮，求捷徑欲從誰？乃遂往而徂逝兮，
聊遊目而遨魂！(嚴可均校輯：《全漢文》，頁 987。)

從登上馬車開始，班昭不是期待出發，內心湧起的是「去故就新」的不安與矛盾，藉由「愴恨」、「懷悲」、「不寐」、「心遲遲」來敘述自己心理與身體的相互糾葛，異鄉的班昭如何解憂，「酌撙酒以弛念兮」，銷憂莫若酒，酒成了讓自己忘記鄉愁的。「喟抑情而自非」以嘆氣來壓抑自己離家的痛苦及困窘。事實上，對女性而言，從結婚進入夫家與原生家庭切割之後，已令其飽受親人分離之苦，當女性已扎根，穩如磐石的固著在「夫家」多年後，這個朝夕的生活空間－「家」已形成她們最後且唯一的依靠，依靠形成順從，所謂「三從」是指：婦人有三從之義，無專用之道。故未嫁從父，既嫁從夫，夫死從子。故父者，子之天也，夫者，妻之天也，[9]此時「家」所代表的，是安全與穩定的空間。此次陪伴兒子的旅程，使得關於「家」的各種建構與想像，隨著旅途而重新建構。班昭擔憂之心溢於言表，雖然她用各種方式自我開解，並以飲酒來寬慰自己，但那份思鄉思家之情，仍是如影隨形地縈繞心中。換句話說，這趟陳留之行，對班昭與兒子而言是一種家庭出走的旅程，代表的是家庭的遷移，在歸期未定

9　鄭玄注，賈公彥疏：《儀禮注疏》卷 300，臺北：中華書局，1981 年，頁3021。

的狀況下，身為女性，在意的不僅是短暫分離之苦，實則暗含往後不得返鄉之痛。

　　除了離家之痛，班昭在賦中也表現出對未來的焦慮及擔憂，她關注的是一路走來旅途是否平順，無法像男性賦家可以悠閒的欣賞山川景觀，對於一個辛苦持家，獨自撫養兒女長大的寡母而言，如何在陌生環境尋求支撐的力量？此刻，平素的典籍閱讀聖賢的形象，將支撐自己成為照顧與教育兒子的能量，這也是班昭關注的重心所在。班昭被迫要離開家園，其中的哀痛與不捨，對故鄉斯土的眷戀，寡母對家務的牽掛，必然使她再三猶豫，裹足不前。最終只能面對「聽天由命」的結果，在依依不捨中，隨著眾人遠行。對於漢代性別關係的寬鬆與否，學者持有不同的見解，但以班昭的情況而言，如非寡母必須照料兒子，斷無如此遠行的可能性。[10]

三、紀行賦之傳統與開展

　　任何文學題材和形式都是歷代傳承，輾轉變化而來，班昭〈東征賦〉亦非獨創一格的題材，而是有其一脈相承的紀行賦學傳統。有關敘述行旅的過程並懷古感今之作，在《史記‧宋微子世家》中收錄的箕子〈麥秀之歌〉已可見，《詩經》

---

[10] 相關討論可見梅家玲：〈漢晉詩歌中「思婦文本」的形成及其相關問題〉，收於《漢晉六朝文學新論——擬似與贈答篇》，北京：北京大學出版社，2004年，頁 63-100。及黃嫣梨：《妝臺與妝臺以外——中國婦女史研究論集》，香港：牛津大學出版社，頁 12。

中關於紀行的作品，如〈黍離〉即是代表，甚至屈原著名作
品〈涉江〉、〈哀郢〉皆可視為此類作品的代表，可見紀行文
學早有所載，以下筆者則側重以賦的篇名來探討紀行賦的傳
統：

(一)紀行賦之開啟

　　行旅賦屬於一種記載空間的文本，提供後代人們不斷地
解讀、詮釋，乃至於重構。一篇文學典範的產生與其文化傳
統有著緊密的聯繫，布魯姆曾提出「影響的焦慮」概念，認
為：

> 所謂詩人中的強者，就是以堅韌不拔的毅力向威名
> 顯赫的前代巨擘進行至死不休的挑戰的詩壇主將
> 們。[11]

　　亦即所有的作者都是在前代作家的影響和壓力下進行
創新。以行旅賦而言，在班昭寫〈東征賦〉之前，班昭已有
一些典範可參考，班昭書寫時也許並沒有向威名顯赫的前代
巨擘進行挑戰的焦慮，但在無形中也開創了屬於自己的行旅
賦。以行旅賦而言，劉歆的〈遂初賦〉當可視為漢代述行賦
的開山之作，論其寫作手法乃上承屈原，內容以紀錄行旅及
書寫山河為主軸；然而若以「歷舉途中各地掌故」以及「諷

---

[11] Harold Bloom，*The Anxiety of Influence*（London：Oxford Univ. Press，
　　9713）參見徐文博譯：《影響的焦慮》，北京：三聯書局，1989 年，頁 3。

諭世事」的功能來看，劉歆可謂首開漢代之風，並非仿自屈
原。[12]自劉歆後，東漢賦家在此題材上亦多有發揮，如班彪、
班昭、蔡邕、潘安仁等皆有續作。蕭統於《昭明文選》中即
收錄班彪〈北征賦〉、班昭〈東征賦〉、潘安仁〈西征賦〉[13]等
三篇作品，命名為紀行賦，此處之「征」，絕無征討之意，無
關乎戰爭，而是指明了東西南北所到之處的方位，筆者以為
紀行賦於今應可謂之旅行賦。

　　劉歆〈遂初賦〉寫於漢哀帝，作品源自於其為抒發爭立
《春秋左氏傳》避禍三原經歷，流難途中經過三晉故地，因
而「感今思古，遂作斯賦，以歎征事而寄己意」[14]。綜觀本
文，前半段用歷史故地闡訴對家國時政之思，後半段重在景
物描寫，利用沿途地景山色來抒寫個人心志。劉歆在創作中
對於沿途景物十分重視，不僅細膩描繪獨行曠野的風光景
色，更是巧妙加諸個人情思，將秋天景緻藉由賦家之眼點綴
地亦發寂寥沈重；秋天曠野的風光在沙埃、回風、霜雪、冰
雹、枯木、冷泉等層層呼應下，展現出深秋特有的蕭颯景況，

---

[12] 馬積高：《賦史》，上海：上海古籍出版社，1994，頁 44。書中指出，〈遂
初賦〉以征途為線索寫法，雖略仿屈原的〈涉江〉、〈哀郢〉，但他又是
歷舉旅途中之各地掌故以諷論世界，故為創格之作，後來的班彪〈北征賦〉、
潘岳〈西征賦〉等作，皆由此而來。

[13] 臧榮緒：《晉書·西征賦》曰：「岳為長安令，作西征賦，述行歷，論所
經人物山水也。潘安仁岳，滎陽中牟人。晉惠元康二年，岳為長安令，因
行役之感而作比賦。岳家在鞏縣東，故言西征。」見註 3，頁 439。

[14] 劉歆〈遂初賦〉，皆參考陳元龍編：《御定歷代賦彙》，臺北：京都出版
社，1974，頁 1882-1883。本文所引之〈遂初賦〉咸用此本，不另注。班彪
《北征賦》，皆參考蕭統著：《昭明文選》，卷 9，臺北：文友書局，1987
年，頁 425-430。咸用此本，不另注。

這樣的山光水色更是直接呼應賦家孤身在外客旅飄泊的淒滄心情。〈遂初賦〉不僅是以歷史故事暗寫今日時政，更能夠用現時的景物適時烘托氣氛，將一己對身世之感懷、國家時事的憂心，以時空交融、歷史及空間的相互對應，「體景寫志」的展現在讀者心中。

　　班彪〈北征賦〉繼承此種寫作方式，〈北征賦〉作於漢光武帝初年，當時漢朝仍處於政治紛擾混亂之際，班彪以避難理由，由長安遷徙至安定郡，賦中內容敘述他沿途的所見所聞並配合當地的史事。但在〈遂初賦〉中劉歆所引地事多暗喻時事，班彪的作品主要為撫古而較無傷今之感，除了幾句古今亂世對比之句，其餘如談及秦宣太后殺渠戎、蒙恬築長城抗匈奴、漢文帝德被鄰國以及境內諸侯等等等，主要論點皆不涉時政。班彪在寫景喻情方面情感則更為沈重憂鬱，賦中他同樣是以秋景烘托一己之愁思，藉著遠望群山、野雁、遊子形象，呈現出另一番秋天蕭條之景。躍然紙上的是曠野中鬱結落寞之人，令人聞之動容，而在寫景之後，對歷史典故、帝王先賢的思索、更是直接引發賦家對於家國動盪之悲憫，文中透露的不僅是對個人生命飄零之感懷，亦有著憂國憂民為天下眾生而苦的歎息。[15]

　　栗璽秋曾以班彪〈北征賦〉為例，指出紀行賦的主要特色為「感物而興，情以景觀」、「敘史述事，情以史觀」及「闡

---

[15] 郭苑平：〈女旅書寫中的時間、空間與自我追尋──重讀班昭〈東征賦〉〉，《東海中文學報》，第 20 期，2008 年 7 月。

理釋義、情以理觀」等三種藝術抒情技巧 。[16]他觀注的重心在於賦家如何利用景物、歷史文物來抒發一己的情感及議論，並將「感物」、「敘史」及「闡理」三大主軸，視為紀行賦的主要特徵。

鄭毓瑜則進一步指出，紀行賦由劉歆筆下，已經開創了一種地理與歷史交互論述的方式，賦家試圖在顛沛流離的旅程中，透過記憶來敘述史地，寄寓自己對於文化家國認同或反思；更重要的是，藉由這樣的書寫，外放的自己將重新被放入整個共有的、持續變化的文化脈絡下重新定位，由此必須重建自我與環境的關係。[17]

由上述的敘述中，可以看出紀行賦主要是紀行旅程，藉此開展一系列的對於歷史、文化及家國的感歎及反思，賦家們透過空間轉換的旅程中，與漫長時空中的史實進行對話，在一連串空間地理與時間歷史的交互鋪陳中，旅人外放孤獨的自我，得以重新藉由歷史的敘事，來回溯自我。然而，這樣的一種流放與重返，一般是建立在男性文人與政治生命的緊密連結上，對於婦女而言，流離於家鄉之外的自己應如何安置，歷史並無書寫者，她是否會如男性文人一般，藉由歷史所見所聞的敘事來找回自我，或者還存在著其他的表達方式？此乃班昭〈東征賦〉之特殊處。

---

[16] 粟璧秋：〈由班彪北征賦看昭明文選中紀行賦的抒情方式〉，《柳州師專學報》，20 卷 3 期，2005 年，頁 12-14。

[17] 鄭毓瑜：《性別與家國──漢晉辭賦的楚騷論述》，上海：上海三聯出版社，2006 年，頁 37。

(二)紀行賦之創新

　　由上可知，班昭的〈東征賦〉於紀行賦的標題與題材上，實有所承繼，但紀行賦的寫作身份與動機上，卻是獨一無二的。班昭以母親的身份寫〈東征賦〉，以陪兒子遠征的心情前往不可知的空間，因此寫作的感觸與男性會有差異。在班昭〈東征賦〉中，對於歷史興亡作了屬於自我的重新省察，提出對於「德性」、「君子」的尊崇，這些都重新詮釋了隱藏在男性旅行賦的敘事方式，拓新了屬於班昭的女性儒家德性觀。若以〈東征賦〉的給與對象而言，班昭應是寫給兒子看，提醒兒子如何修身治國。

　　在一路行經山河大地的旅程裡，那些事物會引發班昭的注意和連想？空間與歷史記憶的召喚，是呼應個人的文化歷史素養，對於飽讀詩書的班昭而言，儒家文化對於歷史的書寫早已銘印於心，孔門的道德與賢仁，所象徵的是一種跨越時空的智慧及相對穩定的過去，也是她解決現實不安的良藥。

　　班昭在此回溯的不是男性所思考的歷史線性時間，而是以跨越時間的道德來做為她的地理與歷史之間的主軸。她不想涉入男性政治敘事的框架中，而是關注在與小我之個人情感生命相關的歷史事實。對她而言，只有儒家重視的道德禮法，個人的道德修為，才是人生不朽之事。

　　　　入匡郭而追遠兮，念夫子之厄勤。彼衰亂之無道兮，乃困畏乎聖人。悵容與而久駐兮，忘日夕而將

昏。到長垣之境界，察農野之居民。睹蒲城之丘墟
兮，生荊棘之榛榛。惕覺寤而顧問兮，想子路之威
神。衛人嘉其勇義兮，訖于今而稱云。蘧氏在城之
東南兮，民亦尚其丘墳。

　　她經過匡地想到孔子在此遭圍困的經歷，孔子到陳經過
匡地時，匡人以為孔子是魯國之陽虎，陽虎曾施暴於匡人，
所以匡人圍困孔子。到了蒲城想到曾任邑大夫的子路，想到
他的勇敢仗義，到如今都還受到人民稱讚，而蘧伯玉的德性
是連孔子曾稱讚不已，他的墳地仍在蒲城並受到當地百姓的
祭祀。從孔子到子路，從子路到蘧伯玉，這些人都是儒家聖
賢的代表人物，提出眾所周知的形象與意義，為的是擁護價
值的連續性。這樣的一些見聞和聯想，使班昭最後得到一個
結論，「唯令德為不朽，身既沒而名存。惟經典之所美兮，貴
道德與仁賢。」不朽的是有如這些人的美好德性，經過百年，
他們仍被記掛著，這也是支撐她抵抗現實生活不堪的信念與
信仰。班昭透過書寫中用典的方式，進行一場與歷史上儒家
聖賢的對話，同時也開啟女性對自身生命的體悟。以書寫個
人身世反映歷史，形成對歷史的見證。在賦作中見證歷史的
同時也寄託個人的情操，這種寫作方式，可以成為後人回顧
這段歷史的依據。

四、〈東征賦〉書寫出儒家婦女形象

　　班婕妤〈自悼賦〉之「陳女圖以鏡鑑兮，顧女史而問《詩》」，[18]與班昭〈東征賦〉之「正身履道，以俟時兮」，都可明顯的窺知兩人之儒家形象，但兩人的生命歷程卻截然不同，班婕妤代表了女性的禮儀秩序，班昭則代表了女性的身體出走，兩人在漢朝都具有極重要位置，由其書寫中可以尋找到歷史中的聲音，也可以看到她們不同的自我挑戰。以班昭〈東征賦〉而言，在前半部首述東行時間、原因，以及她對「去故就新」的不安，後半部則細數沿途觀感，並抒發她觸景懷人之思。這樣的敘事手法，從表面上看來，似乎和男性作家相差無幾。但細讀文本，我們可以看出隱匿在字裡行間班昭對旅人身份的無力感，並可窺見班昭如何以儒學內化為生存之道，其中班昭為母之教育抉擇與行旅之生命觀，筆者分二點探討：

(一)閱讀歷史中的風景

　　由劉歆〈遂初賦〉以來，述行賦題材往往以「地域－歷史」方式交互編織而成，一路前行的旅程，賦家透過自己閱讀的記憶來形構史地，更寄寓其對家國的認同與思考；在班昭的〈東征賦〉中仍然可見這樣的傳統繼承，但班昭在主觀

---

[18] 費振剛輯校：《全漢賦》，北京：北京大學出版，1993年，頁242。

選取歷史人物的材料方面有了另一層轉變，出現了與男性賦家不同的標準。

班昭東行一路由洛陽出發再東行至陳留，途中先後經過偃師、成皋、滎陽、卷縣、原武、陽武、封丘、平丘，又往北到蒲城及長垣，路線為今河南的北部；[19]班昭經過的地點大都為成周故地，其中蘊含了不少的歷史聖賢的文化背景，「入匡郭而追遠兮，念夫子之厄勤。」，她在匡地想到孔子，「想子路之威神。衛人嘉其勇義兮。」經蒲城想到了子路，以及在蘧提到蘧伯玉言：「蘧氏在城之東南兮，民亦尚其丘墳。」這些人物雖非主導國家興亡或足以撼動歷史的重要主角，卻是在儒家傳統文化下的道德指標及以德服人之士，是班昭極力頌贊的人物。[20]班昭的書寫思維映現在「傳記情境」的「真實」敘事，透過地景凝視召喚歷史情境，體現一種互為主體性的地理景觀。

東漢末年蔡邕〈述行賦〉中，可發現此二人在偃師、成皋到滎陽這一段是重複的，而蔡邕〈述行賦〉則是在此三地大量的列舉歷史掌故，如紀信救劉邦、春秋轅濤涂君臣故事以及東周朝史事，也就是以政治的歷史關懷重心，以紀行賦的傳統而言，蔡邕的作法是符合述行賦以古鑑今的手法。但班昭並無政治的現實遭遇，關心的是如何因為所到之地與儒

---

[19] 有關班昭〈東征賦〉所行進路線，相關討論可參考李炳海：《漢代文學的情理世界》，長春：東北師範大學出版社，2000 年，頁 306。

[20] 朱曉海：《漢賦史略新證》附錄三，西安：陝西人民出版社，2004 年，頁 160。提及西漢至東晉人物頌贊表中，儒家以顏回、孔子、原憲三人為對象，提及顏回被頌贊六次，孔子被頌贊五次、原憲被頌贊三次，惜未提及班昭〈東征賦〉之頌贊。

傢人物作連結。

　　對於班昭選取歷史題材方式，李炳海認為班昭在與古代和現實溝通時，其注意力在於人生價值目標的實現中，再則認為她的作品為治身之作，並無需發出以古諷今的感慨。[21]這種解釋或許都可詮釋班昭選取素材的方針。若以婦女的角度觀察，或可思考男性文人關懷重點，他們的「地理－歷史」觀念，實則是建立在男性著重的歷史發展中的關鍵人、事、物，藉此再一次強調男性和家國歷史所不能去除的生命連結，在這種敘事觀點下，男性與蒼生苦難、國家興衰有著不可分割的連結。對照之下，班昭的「地域－歷史」論述則是由女性身份出發，具有她自己所信仰的儒家德性歷史觀，再者則是圍繞著「閱讀過的風景」。

　　不論自願或被迫的旅行，旅行文學的傳統，「以景抒情」是一個普遍的現象，沿途的景物一向是紀行賦家的寫作特色，由景物起興，藉景物以抒發個人的情感，不僅是紀行賦的重要傳統，也是中國文人創作的一大特色。班昭在她的東征旅途中，對於途中所經之地，雖然以簡短的描述一筆帶過，其中卻寓有自己所閱讀過的歷史故事：

　　　　歷七邑而觀覽兮，遭鞏縣之多艱。望河洛之交流
　　　　兮，看成皋之旋門。既免脫於峻嶮兮，歷滎陽而過
　　　　卷。食原武之息足，宿陽武之桑間。涉封丘而踐路

21　李炳海：《漢代文學的情理世界》，長春：東北師範大學出版社，2000 年。頁 126。書中所提出的二個看法。

兮，慕京師而竊歎！

班昭旅經七邑，「滎陽」、「原武」、「陽武」、「封丘」等地都是河南郡的地名[22]。走遍無數的人文地理風光，卻僅在短短幾句中道盡一切，孟春時節草木的盎然美好，並無法引發班昭的景色聯想，在她的字裡行間，只嗅出地理位置的痕跡。「隱藏的美麗風景」是班昭旅程中，最令人感到好奇的地方。這樣一個不同於京城的大好河山、壯麗家國，一路行來班昭甚少描繪，更遑論寄情山水，以景喻情，難道是班昭對山水無情？亦或美麗風景對她毫無吸引力？原因何在？原因在於「慕京師而竊歎」，心中想念居住在京師的日子，眼前看到的風景只是歷史的廢墟。

在班昭的文本中，可以看到她一路上都是在點與點間移動，旅行行為本身不重要，她並沒有預設發現美景的心情，她只重視旅行的地點。文中提到的是顯著的山川，周遊各地皆形色匆匆，並無意要放慢腳步欣賞名山大川，或是注意各地的風土民情；反觀男性賦家，即使是在逃難或流亡的途中，仍是有意的觀物寄情，放慢腳步，與自然對話。顯而易見，這趟旅程，班昭是有壓力的，甚至藉此對自己的言行舉止有著嚴厲的要求？為何班昭給自己如此嚴厲的要求？這與《女誡》有關。

東漢儒家婦女觀的總結是在班昭的《女誡》中[23]。從班

---

[22] 見註3。頁432

[23] 有關《女誡》的引文都出自《後漢書·列女傳》，不再分別標明出處。

昭寫《女誡》的行為及其觀點我們了解到，男尊女卑婦女觀
對女性之影響日漸深入，有如班昭和班婕妤的貴族女性也就
成為這種婦女觀的接受制定者和宣傳者。班昭撰寫《女誡》
即說明了儒家正統婦女觀對婦女的互涉。漢朝女性最突出的
特點就是重視婦德，深明大義，這與儒家婦女觀的教化有密
切關係。《女誡》中提到「禮義居絜，耳無塗聽，目無邪視，
出無冶容，入無廢飾，無聚會群輩，無看視門戶。」（專心
第五），已給了我們明白的線索。這樣一種嚴格男女禮法行
為的規範，使得她無法同男性作家一般，有著慕名而去或隨
性而走的寄情山水，這樣的心境，除了來自儒家對女性的道
德要求外，應是班昭有意將行旅落實在儒家的人物歷史中，
使得班昭的視野，即使有機會看到開闊的自然空間，仍無法
盡情欣賞自然，更無法像其他男性賦家一般，以景抒情，以
景寓情。這是班昭紀行書寫的一大特色，是從為母與修身角
度書寫，是從質疑前往的心態到化解疑惑的行旅之途。

(二)儒家思想之認同與追尋

行旅書寫除了紀錄旅途中的視覺經驗表象，更重要的是
建構作者的自我主體與他者的對話；藉此潛藏在作家心靈的
欲求，會促使自我主體藉著外在世界的刺激而產生深刻思
考，思考「我」與「他者」定義及關係。[24]班昭旅途中的「他
者」，並非現實時空中的風土人情，而是聚焦於穿越時空，因

---

[24] 宋美華：〈自我主體、階級認同與國族論述〉，臺北：《中外文學》，24
卷 6 期，頁 78-90。

閱讀而存在的孔門聖賢,由他們遭困厄而處之安然的歷史事實,不斷面對回想,觀照過去與現在的自我,在「自我」與「他者」的不時對話下重新安頓自己。

班昭試圖在充滿未知變數的旅程,透過自己對儒家文化的記憶來強化自己,寄寓個人的行為操守,以帶領自己面對未知前途,最後展現出人與天命之間的思索,安頓自己於不可預測的未來時空,進而才歸納出以君子之德為師的終極目標,且看賦文的最後一段:

> 亂曰:君子之思,必成文兮。盍各言志,慕古人兮。
> 先君行止,則有作兮。雖其不敏,敢不法兮。貴賤
> 貧富,不可求兮。正身履道,以俟時兮。脩短之運,
> 愚智同兮。靖恭委命,唯吉凶兮。敬慎無怠,思嗛
> 約兮。清靜少欲,師公綽兮。

熟讀文史的班昭對於旅途中的焦慮及不安,經由平素的道德累積,重新找到安頓身心之道,也因這種切身的生活焦慮,讓她書寫屬於自己的生命困境,能不同於前代賦家,進行屬於自己的題材。亂曰所說的「正身履道」、「靖恭」、「敬慎」、「清靜少欲」,正是班昭試圖將自己定位為儒家君子的一種方式,也是她用以對抗「小人懷土」的自然反應,藉由書寫,班昭並不同於男性賦家,希望將被放逐的身心重回到國家政治的脈絡上,而是將視野擴大,使自我進入到整個文化體系,希望能用一種品德的高潔,令自我與一脈相承的儒家

傳統產生連結。班昭所認同的不僅是「自己是母親」的身份問題，更期望以「自己是一個怎麼樣的人」來作身教之敘事。這樣的敘事是關於個人如何陳述自己的「道德領域」問題，藉此傳達出個人的修身意義和價值。班昭努力讓行為舉止趨向於「善」，將自我的認識成為一種生命有意義的追求，將關於自己的故事、敘事，和這個「善」的關係，具體講清楚的傾向。也即是說，認同對於個人而言，是一種對於「善」的認知，自我的認識即是讓生命有意義的尋求「善」並與「善」並構。

　　在日常生活的行旅當下與面對遠方陌生的無奈，班昭對於身份的問題在行旅過程中逐漸浮現。當她面對一個全然陌生的環境及他者時，原先的熟悉的家庭認同開始瓦解，對班昭而言，她無法掌握眼前不可預知的處境時，不安和焦慮開始使人必須反求自身，詢問內在心靈深處，開始找尋新的「認同」，重新面對現在的「我」。班昭重新審視旅行中身處的時間、空間位置，在歷史脈絡中，她試圖回顧過往，並將自己與平素閱讀傳統文化中存在的聖賢君子對照，在這樣的一個歷史循環位置上，重新的回頭省思並安置自己。

　　班昭使用的書寫策略是將自己與儒家系統中的德行相連結，要求自我走向「德」與「君子」之路，藉此表達出「自己」與「君子」之間的強烈連結。更重要的是，藉由這樣的書寫方式，在旅程中流離不安的「自我」，可藉此重新被放入整個恒長的的文化脈絡下重新定位。這樣的婦女時間觀，雖然是以反思的心理時間為主要基調，但當時的婦女尚未意識

到必須建立自己獨特的性別典範傳統，班昭只能以超越性別的儒家文化傳統，做為她所追求的美好認知。

顯而易見，這樣的方式是異於男性賦家的抒寫傳統，班昭在此嘗試著將生命與自己所認可的典範傳統文化脈絡並列，於男性敘事下的家國興亡之史看似類似，其中卻有極大的差異，她所試圖喚醒自己的是超越時間的經典「文化」，以「德性」、「君子」為追求的「儒家文化」歷史觀，同時將歷史與身體之間存在著一種雙向聯結的共構關係，她所經歷的城市或廢墟空間本是閱讀的歷史空間，如今身體與現實的實際接觸，就將歷史的城市或廢墟空間融合了現實的空間。

五、結語

綜觀班昭一生，她對於傳統父權社會的壓迫並無異議，並將其內化成一己的行為標準，未曾思索婦女自身地位及性別宿命的困境，出現以《女誡》強調婦人卑弱的自我設限，若置身於漢代，當能理解那個世代的傳統女子。而班昭的〈東征賦〉，吾人可以看到不一樣的班昭，也才能夠理解作為一個博學多聞、才華洋溢的史學家及賦學家的班昭。漢代有關婦女的記載是隨著當時有名的政治家與歷史事件的演變穿插其間，婦女只是作為這些事件牽涉的人物被附帶介紹，除非婦女自我書寫，否則僅能由男性觀點發聲。從書寫角度切入，班昭的〈東征賦〉提醒已婚婦女如何面對困境及無力感，以

書寫自己親身的感受來實際呈現寡母個案，若將班昭的賦置於賦作發展的長河中，加以俯視，其獨特性是值得重視的，不可否認，她的賦重新建構出精彩的婦女文學。

　　傳統的旅遊或紀行的文學領域，大都是男性流放或羈旅思鄉的創作，並由此發展出一套特殊的婦女閨怨形象，進而形成「思婦」的文學傳統，再次複製性別刻板印象。本章藉著班昭〈東征賦〉的深入分析，已梳理出班昭勇於開創女旅書寫的新頁，她在作品中具體呈現了女子離家時對家庭那份眷戀之情，不同的歷史時間，對應地理空間有著個人獨特的視野感受，對於天命不可違，賦予以女德立身、「君子」自居的積極意義；這些心聲與男性書寫時相較是截然不同的聲音，也展現出婦女旅遊書寫的特殊關懷及旨意，其中關於寡母如何獨力撫養子女的事實，史書中少有記載，所以班昭〈東征賦〉的為母處境，正可以補史書之缺，班昭的寡母書寫，也豐富了賦的題材。再者，〈東征賦〉作為婦女文學史上女遊的先驅，提供的是婦女書寫旅遊的可能性，以及重新思考〈東征賦〉在婦女賦學中的地位。

班昭以手為書穿針引線，讀了史，寫了賦，瞳孔透著光，指出愛的方向。

（湘鳳為班昭賦詩，繪圖：田明玉）

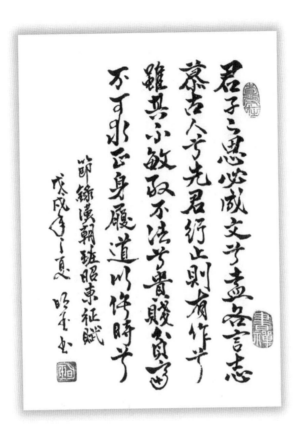

君子之思，必成文兮。盍各言志，慕古人兮。先君行止，
則有作兮。雖其不敏，敢不法兮。貴賤貧富，不可求兮。
正身履道，以俟時兮。

（班昭的〈東征賦〉，書法：田明玉）

第三章　丁廙妻〈寡婦賦〉
——建安寡婦心聲紀實

一、前言

　　漢魏之際的建安時期（196－220），能文者多，如曹氏父子和建安七子，這些文人大多集中在曹氏父子身邊，形成了「鄴下文人集團」。曹丕等人鄴下之作開始以寡婦為同題共作的題材，以〈寡婦賦〉而言，建安時期有王粲(177～217)、曹丕（187 年～226 年）、曹植(192～232)、丁廙妻（生卒年不詳）等四人書寫，其中丁廙妻不在建安七子範疇。丁廙妻以寡婦為題材，印證的是漢末亂世，亂世帶來饑荒瘟疫和傷亡，無情的戰爭命運，決定權不在婦女之手，造成的悲痛卻不容許婦女置身事外，〈寡婦賦〉的書寫，代表著婚姻路的中斷，代表著婦女孤獨的開始，這也是魏晉賦家著力書寫此題材的原因。

　　建安〈寡婦賦〉共有王粲、曹丕、曹植、丁廙妻等四人書寫，屬於同題共作賦，除丁廙妻外，其他三篇是鄴下應教

而作,即賦家以某一題材為題,同時或相繼創作的賦篇。丁廙妻身處建安亂世,複雜的政權命運,決定權不在婦女之手,失去丈夫所造成的悲痛,卻不容許婦女置身事外,「寡婦」的形成,代表著婚姻路的中斷,代表著婦女孤獨的開始,丁廙妻以寡婦題材為賦,無疑的為魏晉賦家流離無依的寡婦,開闢了一扇被關懷的視窗,這也是魏晉賦家著力書寫此題材的原因。丁廙妻的〈寡婦賦〉以女性自身的角度,多元的書寫身為寡婦的悲苦所在。同時表現出賦家對生命無常的悲怨情感,但男女賦家所書寫的模式,卻有所不同,本章以自傳悲情敘事的角度,詮釋建安的丁廙妻如何以女性的敘事方式與生命對話,並考察男女賦家的不同敘事表現。

二、〈寡婦賦〉的同題創作意涵

從建安九年(204 年)至建安二十二年,這一時期的文學思潮發生了轉變,鄴下文人開始自覺追求文學的審美價值,曹氏父子以政治和文學上的感召力,形成文人唱和創作心態的文化,此時命題寫作較為盛行。曹丕為阮瑀寡妻作〈寡婦賦〉時,於賦序交待曾命王粲並作之,故屬廣義的唱和賦範疇,即同作而不和韻,王粲與曹植、丁廙妻之賦作雖無「奉和」二字,卻共同以同題之作互致情義,實為唱和賦之導源。[1]值

---

[1] 趙超:〈賦亦可以群──論唱和賦的淵源發展與流變〉,南京:《文學史話》,第 1 期,2009 年,頁 37。

得關注的是，以婦女為題材之同題賦作，除了丁廙妻的〈寡婦賦〉以婦女身份寫婦女外，其他賦作大多是男性以婦女口吻代言，即代婦女立言，為了更好地表現所代之人的感受與心理，代言體往往以予、我、等第一人稱為敘事視角。即男賦家借用婦女的聲音，呼喚出寡婦的形象，並模擬女子孤苦無依的形象，呈現出男尊女卑的關係，此種代言體的運作效應，為婦女爭取地位所能發揮的力量，仍舊是虛幻的。表面上雖然置女婦於主體位置之上，卻是一虛位，呈現的題材效果仍是一受觀看談論，憐憫的固定對象，而非一有決斷的主體。[2]

誠然，建安賦家拋出了寡婦的議題，寡婦成了賦家共同凝視的對象，由〈寡婦賦〉的賦家對話，可以再現魏晉的婦女形象，也可以由男性之筆嘗試瞭解婦女的生活困境及身體經驗的可能。從屈原開始，男性對女性的凝視，有其政治文化上的投射，作品中大量使用「美人」的意象比喻賢君忠臣，既延續《詩經》「美人」的比興傳統，也確立《楚辭》學上「以君臣之義與夫婦之道所形塑的『男女君臣之喻』」[3]的求女喻義。之後，在唇齒柔黃及眉宇之間，都有賦家為賦論述。至於建安〈寡婦賦〉的同題共作，則不再是與政治互動的「美人」意象，而是以民間的社會寫實為背景，從中可以觀察到：男性賦家如何透過寡婦的生活狀態想像，延伸到夫妻期望終

[2] 朱崇儀：〈閨怨詩與豔詩的「主體」〉，臺北：《文史學報》，第29期，1999年6月，頁75。

[3] 廖棟樑：〈古代離騷求女喻義詮釋多義現象的解讀——兼及反思古代《楚辭》的研究方法〉一文，臺北：《輔仁學誌》，第27期，2000年，頁1-26。

老的社會理想；女性賦家如何超越孤寡的現實困境。陳曉峰將賦中各類情感作過分析，其中對父母手足的思念之情一類，認為以家族親情入女性賦在兩漢甚為罕見，魏晉則出現了較多抒此情之作，拓展了賦體的抒情內涵[4]，他卻忽略了罕見的寡婦書寫，〈寡婦賦〉的題材即明顯的拓展了賦體的抒情內涵。然丁廙妻以妻子身份抒亡夫之情，不僅在兩漢魏晉難得一見，在整部賦史上亦屬鳳毛麟角。

魏晉婦女無法自由選擇的何止是愛情與婚姻權，在兵慌馬亂的時代，「執子之手，與爾偕老」只是一種奢求，從建安時期起，賦家便開始有了從社會寫實的觀點關懷婦女命運的傳統。曹丕〈寡婦賦〉的序交代了創作緣由——「陳留阮元瑜早亡每感存其遺孤未嘗不愴然傷心，故作斯賦。以敘其妻子悲苦之情，命王粲並作之」。[5]其中「每感存其遺孤未嘗不愴然傷心」和「敘其妻子悲苦之情」，就是一種社會寫實的關懷觀點，這一創作思路得到了後人的延續，潘岳的〈寡婦賦〉創作動機是「昔阮瑀既歿，魏文悼之，並命舊知做寡婦之賦，余遂擬之以敘其孤寡之心焉。」[6]說出擬作以延續孤寡題材的過程。曹丕、曹植、王粲的三篇〈寡婦賦〉都是代言體，意味著男性對女性孤寡的關注，寡婦自己不見得擁有表達痛苦的機會和書寫能力，因此賦家開始出於社會關懷的責任感代

---

[4] 陳曉峰：〈魏晉現實女性題材賦的重情特色及成因分析〉，江蘇：《南通紡織職業技術學院學報》，第 8 卷第 4 期，2006 年 12 月，頁 55。

[5] 嚴可均輯：《全上古三代秦漢六朝文》卷 13，上海：上海古籍出版，2002 年，頁 413。

[6] 同上註，頁 562。

她們表達，也有了同題之作或者是相互效仿的結果。命題寫作和效仿寫作風氣是這一時期女性代言作品大量出現的另一原因，卻也塑造了值得關懷與同情的女性形象。在共作的模擬過程中，雖有模式化的傾向，敘事的表達手法也會因人而改變，因此為後來的賦家提供了新的敘事結構，共作也許規範了一種帶有共性的語言規則，但在共作的模擬過程，對於定型的作用，首先表現在句式規則，以及敘事手法等方面的遵循，[7]建安〈寡婦賦〉的同題共作，男性賦家即以模擬的對話方式書寫，反而是丁廙妻能以女性的姿態跳脫模式化的傾向，以自傳敘事的方式與自我生命對話，書寫出婦女的悲情。

三、丁廙妻的多元悲情書寫

論及〈寡婦賦〉的悲情敘事，是因死亡事件而引發的悲怨書寫，因此寡婦的事件本身即敘事的要件，有如傅修延說「賦在敘事史上發揮的作用比我們想像的重要得多」，[8]然而賦的敘事不應只聚焦於大賦的「主客問答」。若從〈寡婦賦〉尋繹，仍可發現其蘊涵豐富的敘事傾向，敘事賦雖然要寫人物和事件，但與小說相比較，在人物塑造方面，並不那樣精雕細刻，在情節故事方面，並不那樣具體、豐富。以〈寡婦

---

[7] 陳恩維：〈漢代模擬辭賦的文體意義〉，廣西：《廣西師範大學學報》，第44卷第3期，2008年6月，頁8。

[8] 傅修延：〈賦與中國敘事的演進〉，《敘事叢刊》第一輯，北京：中國社會科學出版，2008年，頁3。

賦〉的悲情敘事手法而言，在寫人際事物方面要求更集中、概括、允許跳躍式地展開，讓寡婦在歷史的時間與空間中佔有一個位置，其中蘊含了重要的社會形態。〈寡婦賦〉的產生在於緣情感興，其中必存在於「人與物遷」的調距活動中；賦作的表現手法，毋寧即為了表現這一分人與人之間的關係動態位移，而成就一個當下發生的文學事件。[9]不可否認，漢賦在音樂、建築、人物等方面的敘事，不免有「公式化」描寫筆法，即漢賦的類型化傾向。[10]但以同題〈寡婦賦〉的敘事手法而言，針對夫死婦女守寡的事件，男女賦家有著不同的悲情敘事重點，丁廙妻〈寡婦賦〉整篇以六言書寫，跳脫王粲與曹丕的騷體式悲怨形式，從屈原作品而來的騷體賦，著重在抒情，[11]較能將自身與他人的生命存在當成一個對象來審視，丁廙妻卻捨騷體形式，想來抒情並非書寫的唯一目的，其中亦有為自己而怨、丁廙而悲的成份在內，也可知道為何在四篇〈寡婦賦〉中，此篇篇幅最長。

---

9 葉維廉：《中國詩學》，上海：三聯書局，1992 年，頁 67。「認為文學要呈現的應該是全面感受」，因為「我們和外物的接觸是一個『事件』，是具體事物從整體現象中的湧現，是活動的，不是靜止的，是一種『發生』，在『發生』之『際』，不是概念和意義可以包孕的。」

10 萬光治：《漢賦通論》，成都：巴蜀書社，1989 年，頁 148。

11 蘇慧霜：《騷體的發展與衍變——從漢到唐的觀察》，臺北：文津，2007 年，頁 24。屈宋言志抒情的傳統，在兩漢騷體賦中獲得大量承襲，漢代抒情寫志的賦作大多採用騷體形式寫就，如賈誼〈鵩鳥賦〉、〈弔屈原賦〉，董仲舒〈士不遇賦〉，司馬遷〈感士不遇賦〉，劉歆〈遂初賦〉，馮衍〈顯志賦〉，張衡〈思歸賦〉，班婕妤〈自悼賦〉等一系列抒情言志的作品。

(一)自傳的敘事過程

　　筆者將丁廙妻的〈寡婦賦〉文本分三部份敘事，此賦（1）先談婚姻期待（2）再談守寡現況（3）最後以面臨困境與如何抒解作結。敘事過程有明顯的自傳特點，從婚前到婚後到失去丈夫的景況與情感，皆有所鋪陳。具有自我敘事風格，符合了「展示自我生成的事實和經驗化的事實」[12]；更具備了「有完整的故事情節和人物形象」[13]的敘事詩內容。需注意的是，丁廙妻的自我敘事書寫，具有自我剖析、勇敢接受缺憾的特色。賦文前六句先言女子對婚姻的期待：

　　惟女子之有行，固歷代之彝倫。辭父母而言歸，奉
　　君子之情塵。如懸蘿之附松，似浮萍之託津。

　　女子總要辭父母而言歸，接著與君子即夫君開始情塵之人生，丁廙妻以「懸蘿」和「浮萍」來形容女子未婚時之無依，以「附松」和「託津」形容婚姻給了女子依靠。而以「行、倫、塵、津」等字為一組韻腳，接著韻腳改變，處境也跟著改變，接著丁廙妻以極大的篇幅談寡婦的目前困境：

　　何性命之不造，遭世路之險迍。榮華曄其始茂，所

---

[12] 趙白生：〈我與我周旋──自傳事實的內涵〉，北京：《北京大學學報》，2002 年 4 期，頁 152。

[13] 同上註，頁 189。

恃奄其俎泯。靜閉門以卻掃，魂孤焭以窮居。刷朱
扉以白堊，易玄帳以素幃。含惨悴以何訴，抱弱子
以自慰。時曀曀以東陰，日曇曇以西墜。雞斂翼以
登棲，雀分散以赴肆。還空床以下帷，拂衾褥以安
寐。想逝者之有憑，因宵夜之髣髴。痛存沒之異路，
終窈漠而不至。時荏苒而不留，將遷靈以大行。駕
龍輴於門側，設祖祭於前廊。彼生離其猶難，矧永
絕而不傷。自銜恤而在疚，履冰冬之四節。風蕭蕭
而增勁，寒凜凜而彌切。霜淒淒而夜降，水漾漾而
晨結。瞻靈宇之空虛，悲屏幌之徒設。仰皇天而歎
息，腸一日而九結。

以情景交融的方式敘述心中悲苦，「造、茂、掃」等字
為一組韻腳，再換韻為「慰、墜、帷、寐」，隨著不同景色衍
生不同的悲苦，韻腳和景色的鋪陳又相輔相成，情景交融處
如「自銜恤而在疚，履冰冬之四節。」四個節氣對寡婦而言，
都是冰冷的冬天，寫景處如「風蕭蕭而增勁，寒凜凜而彌切。
霜淒淒而夜降，水漾漾而晨結。」運用疊字形容景色之淒涼。
其中更以日常生活之飛禽入賦，如「雞斂翼以登棲，雀分散
以赴肆。」雞與雀都是生活隨處可見之飛禽，在屈原〈離騷〉
中，王逸關注到：「〈離騷〉之文，依詩取興，引類譬喻，故
善鳥香草，以配忠貞；惡禽臭物，以比讒佞；靈脩美人，以
媲於君；宓妃佚女，以譬賢臣；虯龍鸞鳳，以託君子；飄風

雲霓，以為小人。」[14]即賦中只要出現鸞鳳、麒麟、黃鵠、神龍、朱鳥、蒼龍等禽鳥意象均為賢者象徵。若以此推演，此處之雞與雀，當有所「引類譬喻」，其實不然，如果拋開政治思考，筆者以為丁廙妻似乎更側重日常生活的寫實書寫！在〈離騷〉的「引類譬喻」傳統下，在女性賦家筆下成為不必然的隱喻。

　　賦中表現出寡婦沉重的生活壓力和狹窄的生存空間，特別是以「刷朱扉以白堊，易玄帳以素幬。」、「時荏苒而不留，將遷靈以大行。駕龍需於門側，設祖祭於前廊。」書寫了執行與承擔祭祀的行為，刷走的是朱紅色的繁華熱鬧人生，從此過著淒冷的白堊歲月，改變的是素幬的單調日子，這種敘事在王粲與曹丕的賦作中不曾出現，也不曾被思考過。這些面對死亡的孤獨情感體驗，才是寡婦真正所要解決的無盡愁緒啊！丁廙妻以不同的空間與事件，更多元的書寫出寡婦的社會困境，這個困境不是考慮能否再婚，而是昔日以丈夫為唯一經濟支柱的家庭，寡婦的生活必然會陷入貧窮，「抱弱子以自慰」，兒子雖可安慰寡婦的傷痛，但往後的依靠呢？

　　以「痛存沒之異路」的痛字吶喊，以當事人的情緒，直接敘述，最後則以「惟人生於世上，若馳驥之過櫺，計先後其何幾，亦同歸乎幽冥。」四句理性之思考抒解悲痛作結。說明人生在世，有如飛奔的馬兒經過窗口，人的生命總是難逃一死，只是時間的先後罷了！最後總要同歸於幽冥的，如此理性的思維，將是丁廙妻未來歲月用來寬慰自己的重要支

----

[14] 王逸：《楚辭章句》，臺北：藝文印書館，1974年，頁64。

撐。

(二)自傳的悲情氛圍

論及「抒情」傳統是源於一種哲學觀點，這個觀點可能
具體、明白的表現出來的，但也可能只是間接流露出來的。
它肯定個人的經驗，而以為生命的價值即寓於此經驗之中，
關切的是言語形式所顯現的心靈傾向。[15]丁廙妻如何處理悲
情？丁廙妻除了書寫執行喪禮的禮教行為外，已懂得運用屬
於婦女自己的語彙表現悲愁，如「雞斂翼以登棲，雀分散以
赴肆。」這些雞與雀都是平日陪伴婦女度日的，而今牠們怎
懂得她的孤單？和前三位男賦家相比，飛禽用的自在；以賦
的「體物寫志」而言，物件的內容是純主觀的，經過轉換的
途徑從主觀移到客觀，也就是將主體內心對人的理性的崇敬
通過轉換的途徑移到自然對象之上，這樣表面上看是對於物
件的崇敬，而實質上是人對自己理性的崇敬。[16]亦即想像力
是自由的，它不是物件的再現，而是創造性、任意性的活動，
但又合乎規律、物件給賦家一個多樣性的形式，丁廙妻也就
憑直觀去把握書寫。丁廙妻以寡婦敘事的四個命題中，筆者
配合〈寡婦賦〉之內容，同時對應了敘事悲情的流程與步驟，
在悲情結構中具有故事性要素（如衝突、危機、意外轉折），

---

[15] 黃錦樹：〈抒情傳統與現代性：傳統之發明，或創造的轉化〉，臺北：《中
外文學》，第 34 卷第 2 期，2005 年 7 月，頁 169。

[16] 洪永穩：〈簡析康得美學中審美與人的自由〉，安徽：《安徽大學學報》，
第 28 卷第 3 期，2004 年 5 月，頁 59。

以圖表說明，可以清楚觀察悲情敘事的基礎。

序列	四命題	基本敘事流程與步驟	自悼賦
1	表示初始平衡的命題	解說（Exposition）	家世背景
2	表示外力侵入的命題	開始（Initiation）	謹守喪禮禮儀
3	表示失去平衡的命題	複雜性（Complication）	丈夫去逝，必須獨力扶養弱子
4	表示新平衡的命題	結局（Denouement）	勇敢面對

　　以生活美學的視域而言，人生境界是人在尋求安身立命之場所的過程中所形成的狀態，它能反映一個人的人格的高低。境界則是心靈之境界即心境之異同或高低，賦家思考生命問題時，不論是儒家或道家都很重視心理情感的解決，而情感是一種精神所在，情感的境界就是心靈存在的狀態。因為賦要「體物寫志」，因此丁廙妻的心理情感世界就藉著物件世界呈現，丁廙妻的物件世界也是在本真狀態中的融合過程中感悟，如「還空床以下帷，拂衾褥以安寐。想逝者之有憑，因宵夜之髣髴。」其中「空床」、「衾褥」都是物件，又如「瞻靈宇之空虛，悲屏幌之徒設。仰皇天而歎息，腸一日而九結。」其中「靈宇」「屏幌」也都是物件，這些物件離不開丁廙妻的生活，悲情也就由此引發，因此整夜想念，有了許多失眠的夜！因此看到空虛，只能仰天歎息，悲傷也千迴九結了！這種人生境界表現為一種人生價值取向。中國古代精神文化從

來主張取自「生命圖式」，以人體生命為參照系建構理論框架。

四、〈寡婦賦〉的男女書寫意涵

論及魏晉出現的婦女賦，有著豐富的社會意義。不同時代有不同時代的悲劇故事，楊建文《中國古典悲劇史》對不同歷史時期的文學作品分別確定其時代的悲劇精神：

> 風雅中的悲劇意識是「人生的失落」，屈騷是「理想的破滅」，漢賦是「文士不遇的悲怨」，《史記》是「反觀歷史的共鳴」，建安文士是「事事之慷慨」。[17]

自屈原開始，從「人生的失落」「理想的破滅」，「文士不遇的悲怨」，「反觀歷史的共鳴」到「世事之慷慨」，反映了中國傳統文學中不遇題材的發展脈絡源流，在自悲不遇的同時，油然生起一股憂患意識。以此，悲苦婦女賦的出現，是建安的憂患時代反應，建安是個亂離的時代，戰亂給人民造成了大量的妻離子散的悲劇。而在短暫的和平時期政治黑暗，學子的仕途之路坎坷，男性或是從軍，或是宦遊，出現了許多怨女寡婦，因此產生了一批表現她們生活的賦作。在

---

[17] 楊建文：《中國古典悲劇史》，湖北：武漢出版社，1994 年 4 月，頁 6。

這樣的社會環境之下，賦家開始思考人生的價值和意義，表現出對美好和永恆的渴望。這與漢賦中的女性題材書寫，聚焦在所謂「虞悅耳目」與「仁義諷諭」兩者之間，已有極大的差異，漢賦的婦女題材總是建立於以逐臣－棄婦的對應主題上，建立一個怨刺的寫作系統，即藉由女性書寫為作者抒發怨情。[18]魏晉婦女題材反映在作品中，除了對人生的價值的正面表達外，對死亡、孤獨、痛苦的描繪，正反映出人們對幸福的珍惜和嚮往。

　　以下就〈寡婦賦〉的男女書寫談女性賦的歸類問題，從中即可分析〈寡婦賦〉的書寫特質，進而論述男女書寫的差異所在。

(一)由男女書寫看〈寡婦賦〉的歸類

　　就〈寡婦賦〉的創新題材而言，在《文選》、《藝文類聚》中，又該如何歸類？蕭統在《文選》中，將賦分為十四類，其中一類為「情」，視為抒「情」的賦：有〈高唐〉、〈神女〉、〈登徒子好色〉、〈洛神〉賦，這些賦都具有情愛綺思的意淫內容[19]，也就是說，以最狹義的男女愛、欲為情[20]，對人際之

[18] 許東海：〈賦心與女色──論漢賦中的女性書寫及其意涵〉，臺南：《成大中文學報》，第八期，2000年6月，頁99－126。

[19] 李善注：《文選》，臺北：藝文印書館，1971年。卷十九〈賦癸·情〉，頁270。目下善注：「性者，本質也；情者，外染也，色之別名，於事最末」；〈高唐賦〉題下善注：「此賦蓋假設其事，風諫婬惑也」；頁274，〈登徒子好色賦〉題下善注：「此賦假以為辭，諷於婬也」。

[20] 陳立：《白虎通疏證》，臺北：鼎文書局，1973年。卷八〈總論性情〉，頁127：「六情者何謂也？喜、怒、哀、樂、愛、惡、欲七者弗學而能」；戴明揚：《嵇康集校注》，臺北：河洛圖書出版社，1978年。卷五〈聲無

生離死別與無常的哀怨之作則另立〈哀傷〉一類，其中有〈長門〉、〈思舊〉、〈寡婦〉、〈恨〉、〈別〉等賦，顯而易見，〈哀傷〉一類與抒「情」的賦，已然重疊，因此如此分類無法看出賦的題材性質。《文選》當時只列潘岳的〈寡婦賦〉，建安四篇皆未列，為何未列？當取一篇潘岳的〈寡婦賦〉為代表性即可。只是〈寡婦賦〉大都為男性代言，男性代言總關注其感同身受的政治邊緣化處境，丁廙妻的〈寡婦賦〉則從女性的處境與視角出發，蕭統並未曾察覺女性作品的特殊性。

另外，《藝文類聚》卷三十《人部·怨》之賦類的前三類分別為：董仲舒〈士不遇賦〉、司馬遷〈悲士不遇賦〉和司馬相如〈陳皇后長門賦〉，[21]其中只有司馬相如〈陳皇后長門賦〉屬於女性題材賦，因此《藝文類聚》一書的分類並非以題材為主，《藝文類聚》將司馬相如的〈長門〉、江淹的〈恨〉賦收入卷三十〈人部十四·怨〉，與董仲舒的〈士不遇〉、司馬遷的〈悲士不遇〉、班婕妤的〈自傷〉、丁廙的〈蔡伯喈女〉賦並列，明顯已將男性不遇與女性失歡之怨相題並論，可見《藝文類聚》雖然將賦分了「怨」的主題，仍未將女性作者作為思考方向的歸類，並未察覺男女賦家之怨實有不同。由歸類論其原委，丁廙妻的〈寡婦賦〉雖以女性角度撰寫，然而大部份的悲怨賦作是由男性以女性代言人的身份在書寫，傳統都從託喻角度解讀，以男女關係比喻君臣關係，認為男性作者以假寡婦、怨婦、棄婦之口吻說自己對生命的悲怨，

哀樂論〉，頁 199：「夫喜、怒、哀、樂、愛、憎、慼、懼凡此八者，生民所以接物傳情」。

[21] 歐陽詢：《藝文類聚》，上海：上海古籍出版社，1982 年，頁 537。

形成以男女戀愛為包裝的士不遇賦，是屬想像女子悲怨的賦，因此忽略了丁廙妻〈寡婦賦〉是屬婦女悲怨情感的親身經驗。

　　再看當今辭賦專家如何將〈寡婦賦〉加以歸類，在廖國棟的《建安辭賦之傳承與拓新》中，將建安賦的抒情類，細分為懷思、悲傷、悼亡三類；將婦女婚姻類，分為婦女篇、婚姻篇。[22]至於這四篇〈寡婦賦〉都放在婦女婚姻類的婦女篇，如此歸類甚為細膩，但卻彼此有所交集，〈寡婦賦〉當可歸為抒情類，〈寡婦賦〉當然悲傷，當然也悼亡，筆者以為就〈寡婦賦〉而言，主題涉及悲傷與悼亡，更涉及了婦女婚姻。因此悲怨情思的內容表現有如三環節，無法分終始。

(二)〈寡婦賦〉的男女書寫差異

　　論及〈寡婦賦〉的寡婦為何要如此悲傷？有讀者認為寡婦再婚是不容易的，因此其中蘊藏了從一而終的貞節觀，[23]筆者以為不然，以漢末而言，對喪偶或被休之後，再論及婚嫁，並非不可能。如〈孔雀東南飛〉的創作時間一般認為是在東漢建安年間，從詩中可知，劉蘭芝不見容於婆母，被迫休之，回到本家之後，馬上有眾多提親者找上門來，可見婦女再嫁、即使是被休婦女的再嫁，都不是羞恥之事。蔡邕之女蔡琰，先嫁河東衛中道，被擄入匈奴後與左賢王成親，並生有子女，

22　廖國棟：《建安辭賦之傳承與拓新──以題材及主題為範圍》，臺北：文津，2000年，頁212。

23　李瑩：〈魏晉南北朝嫠婦賦研究〉，南京：《語文學刊》，2000年4月，頁136。

歸漢後又嫁與董祀，先後改嫁兩次。這樣的身世並沒有成為她一生的汙點，由於她悲苦經歷和文學上的才華，被南朝范曄收入《後漢書·列女傳》中，留名青史。不可否認，在《列女傳》中，收錄了許多夫死誓不改嫁的節婦典型，因此男性賦家書寫寡婦是否是含有為封建禮教宣傳的意涵，是否有促使從一而終的貞節意涵，[24]筆者以為都不該是觀察寡婦悲傷的焦點，而應將焦點放在如何反映出戰亂婦女的自處與獨力撫養弱子的問題。

從丁廙妻的〈寡婦賦〉來看，前六句的形容「惟女子之有行，固歷代之彝倫。辭父母而言歸奉君子之情塵。如懸蘿之附松，似浮萍之託津。」可看出一位女子對婚姻的期待，結束時以「惟人生於世上，若馳騁之過櫺。計先後其何幾，亦同歸乎幽冥。」的透徹思維寬慰自己，看出女性也可如此灑脫！姑且不論丁廙妻在是否在丁廙被誅後，作〈寡婦賦〉以自傷。[25]其觀點都是以女性視角出發，來塑造形象，表現主題的，[26]丁廙妻可以設身處地的想像阮瑀寡妻的悲苦，因為自己也是如此。不論是曹丕或王粲，男賦家只針對寡婦當下所遭遇的悲苦心境作描述，對於遭遇之前的回憶，遭遇之後的解憂，是不費筆墨的，這種思考模式與性別差異當然有

---

24 李瑩：〈魏晉南北朝嫠婦賦研究〉，南京：《語文學刊》，2000 年 4 月，頁 136。

25 丁廙博學多聞，建安中為黃門侍郎，與曹植親善，後因曾竭力助植爭立太子，曹丕即位，與兄丁儀同時被誅。

26 路南孚編：《先秦兩漢魏晉南北朝時期敘事詩》前言〈中國歷代敘事詩歌〉，濟南：山東文藝出版社，1987 年，頁 112。

關。至於男賦家為何較側重現時描述，保存美感經驗的方法，是一種「自我現時的經驗」的呈現，包含了抒情自我(經驗─超驗的抒情主體)、現時、美感經驗，這當中，對時間的處理──當下瞬時化、空間化──是個關鍵問題。[27]由賦的文本可以觀察出男女賦家的想像是如此的不同，對婚姻的期待與女性灑脫部份，男賦家是省略的，對於私人空間與群體空間的衝突而言，男賦家並無意讓寡婦在群體與私人的空間中尋找一種平衡。

　　男性在進行創作時，雖然努力設身處地地模擬女性的心聲，但他們畢竟不是女性，由於性別的隔膜等原因使得他們不可能完全理解女性的思想與情感。正如康正果先生所言：「男人所寫的女人畢竟是他人，與女人的為情而造文不同，他們有很多寫女性的詩則具有為文而造情的性質。」丁廙妻的〈寡婦賦〉，從婦女視點展開的敘事存在有兩個特點：1、重視內在感情、心理的描述。2、女性處在主體和觀看自己的位置上，她是書寫自己生活的主動者。以丁廙妻的〈寡婦賦〉結語來看：「惟人生於世上，若馳騁之過櫺。計先後其何幾，亦同歸乎幽冥。」如此理性的思維，沉澱了悲傷的感性傾訴，與男性期待安頓自我的生命價值有何不同？漢代董仲舒將不遇士人的悲憤寫在〈士不遇賦〉中，其中的悲怨抒情是經過轉移與昇華，走向了平和釋然的心境，即將悲世增加了更多

27　蕭馳在 1996 中幾篇論文都在處理，有關抒情的問題，如〈化之影跡，非覆即變──論中國古典詩詞律化過程之觀念背景〉1-36；〈中國抒情傳統的原型當下：『今』與昔之同在〉，頁 113-48。

體己的內容。[28]男性賦家面對不遇,可以如何?可以寄情山水,相忘江湖,可以歸守田園,努力耕稼。在此,丁廙妻面對生命的無常,可以如何?可以理性的思維與沉澱。反觀王粲等人之〈寡婦賦〉,由於是書寫婦女,關於安頓自我的語言,男性賦家反而忽略了!這也是男女書寫女性的認知差異。

自魏晉以來,文學創作雖然已經開始沿著重情感、重審美、重形式的方向發展,[29]但文人與女性的性別隔膜,導致了其無法詳知個別情事的原委曲折和女性的心理特徵,這樣,賦家在描寫女性之時只能就其所知曉的共性處著墨,而無法去刻畫和再現現實女性的心理期待和自我寬慰的部份。這種重共性而略個性的創作的結果是,賦家文本中女性形象明顯表現出類型化的傾向,此外,如上所說,建安時期文人相互唱和效仿寫作的風氣極盛,這種寫作風氣無疑也是導致女性代言作品中女性形象類型化的一個重要原因,只可惜有如丁廙妻以女性身份書寫女性的賦作,仍是少數,因此特殊之多元敘事書寫,並未能如男性之〈寡婦賦〉般,形成後人擬作的基本模式。當然,不可否認男性賦家的同題之作和效仿寫作的風氣,也是建安時期女性代言作品大量出現的另一原因,但在無形中,也對值得同情的婦女打開了關懷的視窗。

---

[28] 王鐵生、高永杰:〈從〈士不遇賦〉看董仲舒的理想人格〉,河北:《衡水學院學報》,第 9 卷第 3 期,2007 年 9 月,頁 26。

[29] 常瑞萍:〈魏晉南北朝文學情感論〉,青島:青島大學碩士學位論文,2008年 5 月,頁 84。

五、結語

　　以寡婦題材為賦，開始於曹丕等人鄴下之作，命題緣由或許來自倡導者的偶一感念，卻也反映了建安動亂的婦女命運。曹丕〈寡婦賦〉重在抒發心理之哀愁，並寄情於外界景物，如秋霜、冬雪等淒清寒冷之意象；王粲〈寡婦賦〉則通過寡婦的行動來體現哀愁，但行動的描寫只是個別的、片斷的；丁廙妻則以自傳的方式書寫寡婦。如此不同的男女書寫，女賦家並未形成書寫的延續，到了「尤善於哀誄之文」的潘岳，其〈寡婦賦〉集先前男性同題賦作之大成，在男賦家的領域開發創新，形式上仍採取曹丕、王粲之模擬寡婦口吻，但更重視個人情懷之抒發，能設身處地的蘊釀悲痛，以〈寡婦賦〉為我們從社會習俗、文學傳統看待賦的發展提供了一個新的視角，如果說「懶的梳頭或無新畫眉幾乎成了思婦的標準姿態。」[30]那人樂我悲，面對空床難以成眠幾乎成了建安男賦家書寫寡婦的共有姿態。而同題共作也實現了集體傳播，確立了悲怨賦作的地位，形成賦學傳播的集團優勢。[31]從建安到南北朝的〈寡婦賦〉，不僅可以繼續探討賦的題材演

---

[30] 康正果：《風騷與艷情》，臺北：雲龍，1991 年，頁 46。

[31] 陳恩維：〈創作、批評與傳播——論建安同題共作的三重功能〉，《上海：中國文學研究》4 期，2004 年，頁 39。

變，也可以探討婦女題材在賦史乃至在整個文學史上的發展脈絡，因此有著獨特的研究價值。

對賦的女性悲怨題材而言，魏晉南北朝的賦其實是延續了《詩經》、漢樂府的棄婦、怨婦題材，以此開拓了寡婦題材。漢代司馬相如的〈長門賦〉、班婕妤的〈自悼賦〉開啟了賦的怨婦題材，魏晉南北朝的賦對此題材更進行了深化表達，所以，寡婦題材在魏晉南北朝的賦中才正式定名為〈寡婦賦〉，以〈寡婦賦〉寫思念亡夫，表達對他人的關注，並滲入自己的情感。不僅後代何景明繼續創作同名賦作，又從此類題材中衍生出〈節婦賦〉，代表作有唐代李華的〈哀節婦賦〉，元代胡炳文、陳樵世的〈節婦賦〉，同時，還影響了後代閨怨詩的出現，可謂影響深遠；另一方面，也因同題共作而加深了形式化的創作。魏晉時期曹丕、曹植、王粲和潘岳所書寫的〈出婦賦〉、〈寡婦賦〉都確有其人，到了南北朝時期，蕭繹的〈蕩婦秋思賦〉、江淹的〈倡婦自悲賦〉、庾信的〈蕩子賦〉等都不再特指某人某事，已變成了一種類型化的創作。而悲怨的模式雖開始於司馬相如的〈長門賦〉、班婕妤的〈自悼賦〉，但將此悲怨敘事呼朋引類，加以奠定基本模式的，則王粲等人之〈寡婦賦〉功不可沒，其敘事手法總是回憶昔日歡樂、鋪敘離別苦悶、感歎悲涼命運，並以蕭瑟景物襯托心情，形成了悲怨婦女意象的固定和套用，對後代律賦格律化的定型有著不可磨滅的影響。

延伸閱讀文獻

(1) 傳統文獻

（漢）王逸：《楚辭章句》，臺北：藝文印書館，1974 年。

（南北朝）李善注：《文選》，臺北：藝文印書館，1971 年。

（宋）歐陽詢：《藝文類聚》，上海：上海古籍出版社，1982
　　年。

（清）嚴可均輯：《全上古三代秦漢六朝文》，上海：上海古
　　籍出版社，2002 年。

(2) 近人論著

蘇慧霜：《騷體的發展與衍變——從漢到唐的觀察》，臺北：
　　文津，2007 年。

陳曉峰：〈魏晉現實女性題材賦的重情特色及成因分析〉，《江
　　蘇：南通紡織職業技術學院學報》，第 8 卷第 4 期，2006
　　年 12 月

朱崇儀：〈閨怨詩與豔詩的「主體」〉，臺北：《文史學報》，1999
　　年。

廖國棟：《建安辭賦之傳承與拓新——以題材及主題為範
　　圍》，臺北：文津，2000 年。

楊建文：《中國古典悲劇史》，湖北：武漢出版社，1994 年。

葉維廉：《中國詩學》，上海：三聯書局，1992 年。

康正果：《風騷與艷情》，臺北：雲龍書局，1991。

萬光治：《漢賦通論》，成都：巴蜀書社出版，1989。

路南孚編：《先秦兩漢魏晉南北朝時期敘事詩》前言〈中國歷

代敘事詩歌〉，濟南：山東文藝出版社，1987 年。

(3) 引用論文

趙超：〈賦亦可以群——論唱和賦的淵源發展與流變〉，《文學史話》，2009 年，1：37。

李瑩：〈魏晉南北朝嫠婦賦研究〉，南京：《語文學刊》，2008 年。

傅修延：〈賦與中國敘事的演進〉，《敘事叢刊》第一輯，北京：中國社會科學出版，2008 年。

常瑞萍：〈魏晉南北朝文學情感論〉，山東：《青島大學碩士學位論文》，2008 年。

陳恩維：〈漢代模擬辭賦的文體意義〉，廣西：《廣西師範大學學報》，2008 年，3：44。

王鐵生、高永杰：〈從〈士不遇賦〉看董仲舒的理想人格〉，河北：《衡水學院學報》，第 9 卷，第 3 期，2007 年 9 月。

黃錦樹：〈抒情傳統與現代性：傳統之發明，或創造的轉化〉，臺北：《中外文學》，第 34 卷第 2 期，2005 年 7 月。

洪永穩：〈簡析康得美學中審美與人的自由〉，安徽：《安徽大學學報》，第 28 卷第 3 期，2004 年 5 月，頁 59。

陳恩維：〈創作、批評與傳播——論建安同題共作的三重功能〉，《中國文學研究》，2004 年。

許東海：〈賦心與女色——論漢賦中的女性書寫及其意涵〉，《成大中文學報》，2000 年，8：99。

陳立：《白虎通疏證》卷八，臺北：鼎文書局，1973 年。

第四章　徐燦詩詞
——聚少離多之夫婦情境

一、前言

　　明末清初以來，徐燦的文學、繪畫即享有盛名，其柔中帶剛之詩詞，不但足以媲美宋朝李清照和朱淑真，同時也贏得國朝閨秀「清代第一」的極高評價。她不斷書寫，認真生活，累積出女性之生命意義。從徐燦作品中亦可窺出明末清初閨秀的文學活動並不是封閉的，徐燦的詩詞在自娛遣懷的個人心理意義之外，與發展交遊、建立文名、炫耀家學等已有密切關係，所以在閱讀徐燦作品時，除了探討個人心志外，還須注意當時存在的時代思潮。

　　明末清初是閨秀自信滿滿的時代，衝擊出徐燦擁有剛柔並濟的詩詞風格，如詞牌〈滿江紅〉之「看金戈滿地，萬山雲疊」、「到而今、空有斷腸碑，英雄業」即傳遞了英雄之陽剛意涵。徐燦，字湘蘋，號深明（亦字明霞、明深），晚浩紫

言，江蘇省蘇州府吳縣人，生於約 1612 年（即萬曆 40 年）[1]，
卒於 1694 年（康熙 33 年），享年八十多歲。徐燦為明末光祿
寺丞徐子懋次女，浙江海寧大學士陳之遴繼室，清初受封為
一品夫人。性喜詩詞，擅長書畫，著作有《拙政園詩餘》三
卷及《拙政園詩集》二卷。[2]因此本章嘗試將徐燦的詩詞題材
加以分期並分類，以評論其風格。從徐燦的詩集和詞集整理
出徐燦的生命歷程和價值觀；藉由將徐燦詩詞加以分期並分
析題材之開創處，以勾勒出徐燦之生活圖像，有助於釐清明
清易代的女性文學活動。

---

[1]　關於徐燦生卒年的說法至少有：1.陳邦炎〈評介女詞人徐燦及其拙政園詞〉
文認為是萬曆 35 年，1607 年前後。2.鄧紅梅〈女性詞史〉認為約萬曆 17
年，1619 年。3.黃嫣梨〈清代四大女詞人〉提出約萬曆 26 年，1628 年。4.
孫康宜認為是萬曆 38 年，1610 年。趙雪沛〈關於女詞人徐燦生卒年及晚年
生活的考辨〉一文結論是，萬曆 45 或 46 年，1617 或 1618 年。根據本文考
察，甲申之變徐燦痛失兒媳婦，若根據趙雪沛的推論，則 1644 年甲申徐燦
不太可能有兒媳婦或是請婚的兒媳婦，本文以陳之遴姪兒〈家傳〉一文，
「素庵公元配沈夫人早世，請繼室於徐。時素庵公舉三年矣，」陳之遴崇
禎元年(1628)舉孝廉，陳之遴與徐燦結婚約崇禎三年(1630 年)，往上推 18
年，推論徐燦生年約 1612 年。徐燦卒年，你振裕的有有祝壽徐燦 82 歲之
序文《白石山房集》卷十七，〈陳母徐太夫人八十二壽序〉，收于《四庫
全書存目叢書‧集部二四三》，臺灣：莊嚴文化，1997 年，頁 733，因此
推論徐燦的出生年約為 1612-1694。

[2]　《拙政園詩餘初集》，最出付梓順治十年冬（1653 年），在書的後面有徐
燦四個兒子，堅永、容永、奮永、堪永之敬跋，陳之遴在順至七年曾為次
書作序，詩稿散佚後，清嘉慶年間吳騫重梓於《拜經樓叢書》，臺北：藝
文印書館，1965 年影印。

二、徐燦之情感因緣

（一）徐燦與陳之遴情感對話

　　關於徐燦之家世，陳元龍，即陳之遴姪兒於《拙政園詩集》之〈家傳〉言：「初穎悟，通書史，識大體，為父光祿丞子懋所鍾愛。」[3]得知徐燦自幼聰穎，出身書香門第，精通書史，特為父親所鍾愛。[4]接著論及徐燦的愛情與婚姻，陳元龍於《拙政園詩集》之〈家傳〉言：「素庵公原配沈夫人逝，請繼室於徐。」[5]陳之遴原配沈夫人早逝，徐燦成為陳之遴繼室，兩人結褵的婚姻佳話，陳之遴七世孫陳其元記載曰：

> 　　少保素庵相國未第時，以喪偶故，薄遊蘇臺，遇驟雨，入徐氏園中避之，憑欄觀魚，久而假寐。園主徐翁夜夢一龍臥欄上，見之，驚與夢合。詢之為中

---

[3] 清・陳元龍：〈家傳〉，收於清，吳騫輯刊，《拙政園詩集》，臺北：藝文印書館，1965，頁 1。陳元龍，陳之遴姪兒，字廣陵，號乾齋，海寧人，康熙乙丑會試廷試皆第二，受編修，歷官文淵閣大學士，諡文簡，著《愛日堂集》。(清，嘉慶阮元輯，《兩浙輶軒錄》，收於《續修四庫全書》，總集類，上海：上海古籍出版社，1997 年，頁 420)。

[4] 關於徐燦為父鍾愛特甚一事，亦見於清嘉慶仁和，阮元所輯：《兩浙輶軒錄》，頁 472。

[5] 清・陳元龍：〈家傳〉，收於《拙政園詩集》，《拜經樓叢書》，臺北：藝文印書館，1965 年，頁 1。

丞之子，且孝廉也。遂以女字之，所謂湘蘋夫人是
也。[6]

　　寫下了徐燦父親對陳之遴的賞識，同時賦與了如夢似幻
的相遇情節，看來徐燦與陳之遴的結褵是偶然中的必然。

　　陳之遴（1605-1666 年，萬曆 33 年～康熙 5 年），字彥
升，號素庵，浙江省海寧縣人，是徐燦丈夫，徐燦婚後，陳
之遴是徐燦的生命焦點。丈夫陳之遴即素庵居士，順治年間
為徐燦《拙政園詩餘》集寫序，可看出徐燦期待丈夫是自己
作品的讀者和評論者。序之內容如下：

　　丁丑通籍後，僑居都城西隅，書室數楹頗軒廠，前
　　有古槐垂陰，如車蓋，後庭廣數十步，中作小亭，
　　亭前合歡樹一株，青翠扶蘇，葉葉相對。夜則交歛，
　　侵晨乃舒，夏月吐花如朱絲，余與湘蘋觴咏其下，
　　再歷寒暑間，登亭右小邱，望西山雲物。朝夕殊態，
　　時史席多暇，出有朋友之樂。入有閨房之娛，湘蘋
　　所為詩及長短句。多清新可誦。尋以世難去國，絕
　　意仕進，湘蘋吟詠益廣好長短句愈於詩。所愛玩
　　者，南唐則後主，宋則永叔、子瞻、少游、易安。
　　明則元美若大晟樂正輩，已為靡靡無足取，其論多
　　與余合頻年兵燹散佚，今冬蒐輯得百首，余為之詮
　　次。每閱一首，輒憶歲月及轍跡所至，相對黯然，

<hr/>

[6] 清・陳其元撰：《庸閒齋筆記》卷一，北京：中華書局，1989 年，頁 2。

毋論海濱，故第化為荒烟斷艸諸所游歷，皆滄桑不可問矣。曩西城書室亭榭蒼然，平楚合歡樹已供蒭蕘，獨湘蘋遊覽諸詩在耳，自通籍去國，迨再入春，明不及一紀而人事變易，賦詠零落，若此能不悲哉，湘蘋長短句，得溫柔敦厚之意，佳者追宋諸家，次亦楚楚無近人語，中多悽惋之調，蓋取遇然也，湘蘋愛余詩愈于長短句，余愛湘蘋長短句愈于詩。豈非各工其所好邪！昔吳人盛傳絡緯集，蓋湘蘋祖姑小淑所著，徐氏女士俠彤管而躚詞壇，可謂彬彬濟美矣！然小淑氏從范長倩先生翱翔宦途，率愉悅適志，晚節棲遲，天平山益擁范圍泉石為樂，而余與湘蘋流離坎坷，借三寸不律，相與短歌微吟，以消其菀結感憤，何遭逢之徑庭也，古人有言和平之聲淡薄，愁思之聲要眇，將無窮於遇者工于辭歟，抑辭有所以工者，而無與於窮達歟。今兵革漸偃，輦下日以清晏。湘蘋試舒眉濡穎視此帙，何如也。[7]

　　由以上陳之遴為妻子徐燦所寫的詞集序中，清楚的看到夫妻相知之深，陳之遴以讀者的身份記載徐燦吟誦詩詞之歷程與師承，認為由明至清的時代背景，讓徐燦的視野更廣闊，作品也更豐富。陳之遴言「湘蘋吟詠益廣好長短句愈於詩。所愛玩者，南唐則後主，宋則永叔、子瞻、少游、易安。」

---

[7] 陳之遴：〈拙政園詩餘序〉，《拙政園詩餘》，頁 1-4。

徐燦的文藝學養，吸取前人之精華，深受南唐李後主、宋代歐陽修、蘇軾、秦觀、李清照等諸家之啟迪，具有「溫柔敦厚」之詞風。序中所言：「湘蘋長短句佳者追宋諸家，次意楚楚無近人，語中多淒婉之調，蓋所遇然也。」[8]同時，陳之遴與作品展開對話，以自身美感經驗來解讀作品，並且表達出贊賞之意，提及徐燦的遭際殊異，歷經易代遞變、家難等多重生命感受，發為淒婉之調，情感觸發有獨異之處，烙印鮮明的時代色彩，是前人無能迄及之處。

依序中所論徐燦「所愛玩者，南唐則後主」，筆者觀徐燦之詞，確有南唐的李後主之風，如〈念奴嬌〉云：「朱顏鏡中暗減」，頗有李後主〈虞美人〉：「雕欄玉砌應猶在，只是朱顏改」的風格。又如〈念奴嬌〉之：「眼前夢裏，不知何處鄉國。」亦脫胎於李後主之「夢裏不知身是客，一餉貪歡。」，陳之遴清楚的交代徐燦詞上有所承，也看出身為丈夫的評論者對妻子的女詞人作品，是極為熱衷支持與研究的，而徐燦也因為有丈夫的賞識與支持，得以編定了自己的詩詞集。

(二)夫妻政治狀態

除了陳之遴為徐燦詞集寫序，可看出夫妻之情感互動友善外，徐燦與陳之遴的詩詞對應，亦可見出彼此對政治與生活態度的看法。在順治 2 年，徐燦〈滿庭芳・寄素庵〉遙寄給陳之遴的詞句中，對於陳之遴能獲清廷重用，徐燦也表達祝賀期許之意。誠如《徐燦詞新釋輯評》一書所言：「徐燦〈滿

---

[8] 陳之遴：〈拙政園詩餘序〉，《拙政園詩餘》，頁 2。

庭芳·寄素庵〉一詞是陳之遴降清、徐燦北上之前，遙寄給
丈夫表達思念之情，以及希望丈夫早日受到清廷重用的祝愿
之語。」[9]徐燦與陳之遴〈滿庭芳〉互為對應之詞如下，徐燦
〈滿庭芳·寄素庵〉言：

> 氣吐祥光，春生紫禁，飛塵尚阻歸輪。翠屏向曉，
> 腰瘦不勝春。黛減眉消，妝臺冷、擬待伊人。梨花
> 雪，蒼苔砌玉，歸馬試蹄痕。　別離、雖末久，羈
> 窗寒月，更勝從軍。繞越水吳雲。惟有梅花耐雪，
> 堪冷淡、伴我黃昏。鶴聲喜，傳來鳳閣，重典舊絲
> 綸。[10]

陳之遴〈滿庭芳·寄湘蘋〉言：

> 渡雪丹鱗，排雲青鳥，飛來尺素津門。緘題批覽，
> 兩地各黃昏。學得愁風怕月，孤衾薄、杯酒難溫。
> 無邊夢，啼痕笑靨，著枕便逢君。　淹留因底事，
> 初非羈臣，豈是從軍。嘆鬚眉七尺，潦倒羞論。猶
> 有紅箋數疊，閨中友、彤管催春。歸來也，屠蘇滿
> 引，醉撫石麒麟。[11]

---

[9] 詳見程郁綴：《徐燦詞新釋輯評》，北京：中國書店，2003 年，頁 152。

[10] 王景桐編輯：《全清詞》順康卷第一冊，北京：中華書局，1994 年，頁 453。

[11] 王景桐編輯：《全清詞》順康卷第一冊，北京：中華書局，1994 年，頁 435。

其中「鶴聲喜，傳來鳳閣，重典舊絲綸。」可看出徐燦對陳之遴仕途之關切，而陳之遴對答的「嘆鬚眉七尺，潦倒羞論。」，則表現了自己對仕途的渴望。順治十二年徐燦所抒發的〈己末元旦〉一詩[12]中，認為在清初明爭暗鬥、新人輩出的時局裡，陳之遴能在早期即受薦用，深感慶幸之思。明亡後，徐燦尊重陳之遴仕清的抉擇，徐燦分享陳之遴仕清後的榮華富貴，陳之遴仕清騰達之際，為徐燦購得，使徐燦得以在園內度過一段短暫的美好時光，因此拙政園這一庭園空間成了夫妻最深刻的交集。同時，位居一品夫人的徐燦，在北京宦遊期間，積極與官夫人們社交往來，為陳之遴的仕途分憂解勞，可謂竭盡心力襄贊陳之遴之仕清事業。徐燦充分體現一位具有獨立思想意識，與夫君同喜共悲的賢妻角色，對於陳之遴的仕認清朝，徐燦的政治心態難言與夫君殊異。鄧紅梅在〈清代詞壇的奇花—徐燦詞〉一文中，以相當精闢的文筆，分析徐燦詞深幽取勝的美感價值，並稱許徐燦匯聚國是多難與家事困厄的思想意識，立下堪稱典範的高渺詞境。內文描述徐燦身世的起落，以「兩上三下」的名詞概括，頗有新意，唯從徐燦懷念故國的詩詞，論述徐燦對於陳之遴出仕清朝，「兩人生活趨向分歧，因而注定徐燦內心深處的無告與寂寞」[13]，此種觀點也許並不符合徐燦入清後的生活。

在安家教子的目標下，徐燦對於陳之遴仕清的政治取

---

[12] 徐燦：〈己末元旦〉詩：「鬥雞圖燕逐年新，幸捧椒盤早薦新。鳳歷於今周一紀，鸞輿何處賀三辰。春規桑梓恒先客，酒盡屠蘇漸後人。最是高臺擬望切，綺筵長念倦身游。」《拙政園詩集》，卷上，頁30-31。

[13] 鄧紅梅：《女性詞史》，濟南：山東教育出版社，2000年，頁276。

向，談不上是「南轅北轍」，崇禎十年，徐燦以〈滿庭芳‧丁丑春賀素庵及第〉[14]之「紫袍珠勒，偏稱少年仙」句子，祝福陳之遴中進士。入清之後，當陳之遴重獲清朝重用，如上段所言徐燦同樣以〈滿庭芳‧寄素庵〉[15]遙祝丈夫。因此徐燦在政治上是尊重丈夫的，可尋之跡象又有二：（一）當陳之遴在北方仕清事業發展順遂時，為徐燦母子購買拙政園，改善了明亡動亂家園遭受重創的生活，使徐燦在清初（約順治3-5年，1646-1648），得以與諸多女伴在拙政園內，享受一段悠遊的園林生活，可見徐燦分享著夫君仕清後的榮華富貴。（二）順治5年徐燦北上與陳之遴團聚後，在北京展開積極的社交活動，與官夫人之間的應酬從〈已丑冬，壽梁五夫人。夫人姓王氏〉[16]等詞，明白顯示徐燦積極襄助陳之遴仕途之發展。

　　然徐燦自己的家國觀念又當如何？詞中其實有跡可尋。詞牌〈青玉案〉描寫弔古，云：

傷心誤到蕪城路，攜血淚，無揮處。半月模糊霜幾樹。紫簫低遠，翠翹明滅，隱隱羊車度。　鯨波碧浸橫江鎖。故壘蕭蕭蘆荻浦，烟水不知人事錯，戈舩千里，降帆一片，莫怨蓮花步。[17]

[14] 王景桐編輯：《全清詞》順康卷第一冊，北京：中華書局，1994年，頁452。
[15] 王景桐編輯：《全清詞》順康卷第一冊，北京：中華書局，1994年，頁453。。
[16] 兩文請詳見徐燦：《拙政園詩餘》，卷下，頁2、頁7。
[17] 徐燦：〈青玉案‧弔古〉，《拙政園詩餘》，卷中，頁5。

又如詞牌〈青玉案〉描寫感懷，云：

簾前竹外明月光，相礙簷，影照霜，橫帶不知青歲
減，只說朱顏改，君不見，河山幾疊誰為買？ 底事
頻頻，留得惺惺，在天有恨，花長害柳煙，春帶結
燕語，春心碎，消得也一番春色，當眉黛。[18]

由這兩闋詞，清楚看出徐燦對故國的思念，「故壘蕭蕭
蘆荻浦，烟水不知人事錯」，到底誰錯？錯的又是什麼？「降
帆一片」指的是否是夫婿陳之遴仕清的抉擇？「莫怨蓮花步」
指的是否是徐燦自己？也許只能想像其矛盾心境了！徐燦也
為自己提出一個「河山幾疊誰為買？」的疑惑，她對故國之
關懷，也許只能於翰墨中舒發，這份故國之關懷是無法付出
真正行動的。

(三)徐燦之綠窗女伴

明清女性文學的繁榮與結社有極大關聯，[19]徐燦與閨中
女友之情誼也建立在結社上，徐燦與錢塘才女顧之瓊[20]招諸
女作結社湖上之蕉園──「蕉園詩社」，徐燦為蕉園五子的一
員，《西泠閨詠》卷十載：「蕉園五子者，徐燦、柴靜儀，朱

---

[18] 徐燦：〈青玉案・感懷〉，《拙政園詩餘》，卷中，頁16。

[19] 郭延禮：〈明清女性文學的繁榮及其主要特徵〉，《文學遺產》第6期，
2002年，頁2。

[20] 徐樹敏、錢岳同選：《眾香詞》：「顧之瓊字玉蕊，浙江仁和人，翰林錢
繩庵配，長子錢元修、次子錢筆修先後成為進士，家世簪纓，可稱武肅華
冑之盛，有《亦正堂集》。」臺北：富之江，1996年，頁31。

柔則，林以寧及女雲儀也。²¹」，以徐燦為首的「蕉園五子」，
在文學史上有其重要影響。

　　徐燦廣結名媛，與同是浙江地區的名門閨秀，如柴靜
儀、朱柔則、林以凝、錢雲儀等人結社吟詠²²，人稱「蕉園
五子」，在當時頗受矚目，成為一時藝林之盛事²³。從此，徐
燦也曾與女伴們一起外出遠遊，「十載從此地游，偶攜女伴一
淹留，樓臺高聳連雲起，亭館深沉到月幽」。²⁴徐燦與閨中女
友的各種文藝活動，增添不少妝臺逸興，以後雖歷經宦遊遷
徙，但是與閨中女伴之間的情誼，深植徐燦內心，〈洞仙歌·
夢女伴〉詞，徐燦抒發對女伴之懷思，詞云：

　　　　月昏燈暈，向鴛鴦衾底。行盡江南數千里，見綠窗
　　　　女伴，笑靨迎人低寶髻，斜倚瓶花小几。問羈人邸
　　　　舍風雨，鍾殘可憶，吳門舊煙水，儂道九迴腸，夜
　　　　夜相關幸畫舫。今朝歸矣，正紅袂分花喜還疑，怕

21　清・陳文述：《西冷閨詠》，卷十，〈亦選政唐詠顧玉蕊〉條，收於清，
　　丁丙撰輯：《武林掌故叢編》第五冊，臺北：華文書局，1967 年，頁 2656。

22　蕉園五子中，柴靜儀與朱柔則是婆媳，柴靜儀朱柔則均是浙江錢塘人（分
　　別見於胡文楷，《歷代婦女著作考》卷 12、卷 8，頁 278、434），顧之瓊
　　是浙江仁和人，林以寧是顧之瓊媳婦，浙江錢塘人，　錢雲儀是顧之瓊女兒，
　　浙江仁和人。（詳見《眾香詞》，頁 31.32.35）。蕉園五子都是浙江錢塘
　　人或浙江仁和人，只有徐燦氏江蘇吳縣人，因此從地域上分析，徐燦與諸
　　名媛之交游，時間應是在婚後嫁給陳之遴後，陳邦炎文章，認為徐燦結社
　　是在未婚少女時期，與本文不同。

23　梁乙真：《中國婦女文學史綱》，上海：上海書店，1990 年，頁 385。有
　　關「蕉園五子」的文獻記載，亦可見於清，施淑儀：《清代閨閣詩人徵略》，
　　卷二，臺北：鼎文書局，1971 年，頁 127。

24　徐燦：〈過無錫〉，《拙政園詩集》，卷上，頁 25。

這度相逢又成夢裏。[25]

　　「笑靨迎人低寶髻，斜倚瓶花小几。」徐燦以極為溫婉又細膩的筆法描寫眼中看到的女伴，呈現了聲音與動作，也表達了彼此的互動。「儂道九迴腸，夜夜相關幸畫舫」，類此情人之間的詞句，孫康宜認為明清時期的閨閣女詞人，她們以浪漫愛情的方式在作品中陳述了女性之間彼此的友誼，因此詞作中會有「喜還疑」、「怕這度相逢又成夢裏。」的相思句子。總之，徐燦不愧為李清照之後詞史的一次轉折，因此有「終清之世，錢塘文學為東南婦女之冠，其孕育資乳之功，厥在此也。」[26]的評價。

三、徐燦詩詞之分期

　　孫康宜的〈陰性風格或女性意識？——柳如是和徐燦的比較〉一文，[27]認為徐燦促成女性詞由邊緣角色擠身正統地位的最佳女詞人。文中將徐燦與柳如是作一對照，評讚徐燦作為名門淑媛的代表，不但超越婉約詞風的青樓伎師柳如是，也超越明清時期一般的閨閣女詞人，兼具陰性婉約之風及陽性豪放雄壯之語。以「兼具陰性婉約之風及陽性豪放雄

25　徐燦：〈洞仙歌・夢女伴〉，《拙政園詩餘》，卷中，頁 6。

26　梁乙真：《中國婦女文學史鋼》，上海：上海書局，1990 年，頁 385。

27　孫康宜：〈陰性風格或女性意識？——柳如是和徐燦的比較〉，收於《古典與現代的女性闡釋》，臺北：聯合文學，1998 年，頁 110-133。

壯之語。」以此看徐燦詞的風格，極為恰當，然徐燦之詩亦
頗具個人情性，因此筆者於此將詩詞合論。

　　徐燦一面寫詩，一面填詞，綜觀徐燦詩詞作品，筆者將
其分為四期：1.早年婚後恩愛期 2.羈旅與分別期 3.友情酬唱
期 4.兒女歲月期 5. 晚年宗教歸屬期。以下各舉例證說明之。

(一)早年婚後恩愛期

　　由詞牌〈唐多令〉所描寫的感舊，可知陳之遴與徐燦夫
妻關係之恩愛：

> 客是舊遊人，花非昔日春，記合歡樹底逡巡，曾折
> 紅絲圍寶髻，攜嬌女坐斜曛。　芳樹起黃塵，苔溪
> 斷錦鱗，料也應夢繞燕雲，還向鳳城西畔路，同笑
> 語拂花茵。[28]

　　以花的意象開始記憶，「花非昔日春」敘述時間的變動，
但不被自己淡忘的是，記得合歡花樹下共同走過的美好，丈
夫為徐燦「折紅絲圍寶髻」，這是多溫馨的舉動，徐燦以「同
笑語拂花茵」之生活小細節來描寫夫妻的深情，有笑聲更有
浪漫的拂花茵行為。

　　又如〈西湖〉詩：「看梅步屢淹，折荷笑相餉，眷此千
頃波，浩焉愜微尚。」[29]短短的二十字，書寫出玩賞西湖時，

---

[28] 徐燦：〈唐多令〉，《拙政園詩餘》，卷上，頁21。
[29] 徐燦：〈西湖〉，《拙政園詩集》，卷上，頁4。

夫妻之間充滿了歡喜愜意的心情,「笑相餉」彼此的溝通可說是快樂的關鍵。〈蝶戀花〉中「日夜隨郎從未別,何須去共吳門月。」更是道盡千迴百轉的情深愛戀。

(二)羈旅分別期

徐燦的詞,凡描寫流淚處,大半是與夫君分別,無法共度歲月引起的,如詞牌〈青玉案〉所描寫的春曉:

> 為君憔悴春能幾,忘不了,東風意,燕子聲高驚曉睡,玉樓簾捲,朱扉環動,人在傷心地。 羅袖動春香不已,折得花枝倩誰寄,徘徊簪向宜春髻,妝奩未竟,薰衣欲換,驀地垂嬌淚。[30]

徐燦想念夫君,為夫君不知流下多少眼淚,此處為君憔悴的淚是「嬌淚」,忘不了的是與夫君共度的春天。她的〈滿江紅·將至京寄素庵〉以「咫尺玉京人未見,又還負卻朝來約。料殘更,無語把青編,愁孤酌。」[31]以「咫尺玉京人未見,又還負卻朝來約。料殘更,無語把青編,愁孤酌。」表達她與夫君離別後的孤苦心境。又如〈長相思〉描寫分別的感傷:

> 花冥冥,水泠泠,雨雨風風滿碧汀,勞勞長短亭。

---

30 徐燦:〈青玉案〉,《拙政園詩餘》,卷中,頁7。

31 徐燦:〈滿江紅·將至京寄素庵〉,《拙政園詩餘》,卷下,頁4-5。

想悽清，倚銀屏，點點聲聲不忍聽，盈盈淚暗零。
32

以昏暗的花，冰冷的水，來烘托見不到夫君的日子，只能流下滿滿的眼淚，連自己都不忍心聽自己的哭聲。

(三)友情酬唱期

徐燦的生活範圍，除了夫君，還有朋友，有詩〈初夏懷舊〉云：

金閶西去舊山莊，初夏濃蔭覆畫堂。和露摘來朱脆李，撥雲尋得紫芝香。竹屏曲轉通花徑，蓮沼斜迴接柳塘。長憶擷芳諸女伴，共搖紈扇小窗涼。33

敘述初夏時節與女伴們，休閒取樂的情景；有詞如〈滿庭芳〉寫已丑冬壽梁五夫人姓王氏，如〈滿江紅〉示四妹34，如〈洞仙歌〉35夢女伴，如〈玉樓春〉36寄別四娘，順治六年寫〈念奴嬌〉37已丑冬壽梁大夫人夫人姓桂氏，都可看出徐燦與官夫人的友情酬唱。今錄〈念奴嬌〉寫已丑冬壽梁大夫

---

32 徐燦：〈長相思〉，《拙政園詩餘》，卷上，頁 32。
33 徐燦：《拙政園詩集》，卷上，頁 42。
34 徐燦：〈滿江紅〉，《拙政園詩餘》，卷下，頁 22。
35 徐燦：〈洞仙歌〉，《拙政園詩餘》，卷下，頁 31。
36 徐燦：〈玉樓春〉，《拙政園詩餘》，卷下，頁 36。
37 徐燦：〈念奴嬌〉，《拙政園詩餘》，卷下，頁 42。

人夫人姓桂氏如下：

> 伯鸞佳偶羨仙種，桂苑一枝清馥，葭管將迴陽律
> 暖，人在玉堂華屋，半吐瓊芳，初圓殘蟾影，早弄
> 龍章軸，綺筵雅奏，介眉春酒方熟。　頻年羈宦，
> 天喜左連，蘭蕙右依，珠玉共擁，獸鑪歡晏處，笑
> 舉霞觴，相祝月殿長，春天香久駐，不似凡花木，
> 纍纍結子，滿庭垂滿金栗。[38]

又如〈玉樓春〉寄別四娘：

> 風波忽起催人去，腸斷一朝分燕羽，無端殘夢怯相
> 逢。破更添愁萬縷。　扁舟暫艤鴛鴦渚，幾度短長
> 亭畔雨，雨聲欲逐淚痕多，知道淚痕多幾許。[39]

看出徐燦與友人之間的「笑舉霞觴，相祝月殿長」，豪
爽又快樂的祝壽情誼；「知道淚痕多幾許」，看出徐燦的真情
眼淚不只為夫君而流。

(四)兒女歲月期

五言律詩〈初春有感〉云：

---

[38] 徐燦：〈念奴嬌〉，《拙政園詩餘》，卷下，頁42。
[39] 徐燦：〈玉樓春〉，《拙政園詩餘》，卷中，頁35。

芳菲春已逝，菀結畫多愁，鶯轉玉窗靜，香餘寶鴨幽。淡雲懷北渚，殘日怨東流，兒女縈方寸，殷勤念學裝。[40]

此詩之「玉窗靜」、「寶鴨幽」都寫出徐燦有兒女的幽靜畫面，「兒女縈方寸，殷勤念學裝。」則呈現出兒女縈繞在徐燦身旁，徐燦殷勤教導兒女學習生活小技藝之母親形象。另有一詩是徐燦對長女的文學期許，：「瑤箋珍重藏香篋，應作班家女弟看。」[41]難得的是，身為父親的陳之遴，詞句中亦可見女兒身影，如「蚤拂紅牋湘唱和，案頭嬌女新能坐」[42]。

因為有了兒女，歲月就有了兒女的悲喜，在順治甲申年（1664 年），徐燦西湖家園遭受戰爭蹂躪，一度流離失所，也因戰亂使徐燦痛失兒媳婦，徐燦寫下〈甲申七月懷亡兒婦〉詩悼念：

玉樓書卷掩芳春，淚盡泉臺不見人。鴛塚有魂還入夢，綺窗無跡暗生塵。
朝雲化鶴通元覺，夜月愁鵑怯幻身。一叫九迴腸也斷，不須哀雁過秋旻。[43]

[40] 徐燦：〈初春有感〉，《拙政園詩集》，卷上，頁 11。
[41] 徐燦：〈春日見長女新詩戲作〉，《拙政園詩集》，卷下，頁 5。
[42] 陳之遴：〈蝶戀花〉，《全清詞》順康卷，第一冊，頁 430。
[43] 徐燦：〈甲申七月懷亡兒婦〉，《拙政園詩集》，卷上，頁 23。

　　當年在綺窗前的倩影，如今已是灰塵；即使春天到來，只能掩書流淚思念對方。徐燦對晚輩之深情可見。

(五)晚年宗教歸屬期

　　經歷人生悲歡離合，徐燦晚年游仙詩詞大量出現，並以「吾」字表達自己的想法，如〈游仙詩〉之「監靈真總藉，來往翔丹邱，斯人如可師，吾將從之游。」[44]、又如「而後遠世喧，羨門夙所期，曠舉孰我先。」[45]行文之間，徐燦已然將生命寄託於宗教。李豐楙認為，詩人遠遊神仙之境背後，常蘊含著深沉孤獨，其云：

> 社會的失序，人倫的失序也導致詩人痛感宇宙的失
> 序。所以生存之憂迫使他們思索生命之憂，這種深
> 沉的面對宇宙的孤獨感已非一般的事物可以解
> 憂，因此具有他界意識的游仙題材正好可以暫解勞
> 愁。[46]

　　晚年徐燦藉著游仙詩詞描繪仙境和手繪觀音畫像，心態是愉悅的。如四首七律之〈游仙詩〉其四云：

　　萬緣消盡俗塵離，清淨虛空兩不疑，閬苑何嘗非鹿

---

[44] 徐燦：〈游仙詩〉，《拙政園詩集》，卷上，頁 8。

[45] 徐燦：〈游仙詩〉，《拙政園詩集》，卷上，頁 8。

[46] 李豐楙：《憂與遊——六朝隋糖游仙詩論集》，臺北：學生書局，1996 年 3 月，頁 10。

苑，瑤池原即是蓮池。

一聲喝醒升天日，九轉丹成見佛時，偶爾栽花本無意，莫吟秋實結何枝。[47]

　　對於塵俗的一切已懷抱遠離之心，徐燦期待的日子是「升天日」和「見佛時」，平時以清淨和虛空看待人間。看來宗教之皈依給了徐燦極大的生存勇氣，所以在康熙五年（1666年），徐燦諸子相繼過逝，夫君陳之遴也因病逝於瀋陽戍所（享年 62），在這一連串的失落後，徐燦因宗教之皈依，以畫瓶蓮大士像修身，活到康熙三十三年（1694 年），享年八十餘。

　　由以上之分期，可看到徐燦詩詞之多元性，徐燦姪兒於《拙政園詩集》跋中贊美徐燦之詩為「其詩有哀樂之異，然其樂也，寧靜可風；其哀也，和平有度。」可謂中肯。吳騫評徐燦之詞為「詞格輕醇豐神」[48]，另有周銘〈林下詞選〉評為：「詩餘得北宋風格，絕去纖佻之習，其冠冕處即李易安亦當避席，不獨為當代第一也。」給予比李清照更出色的評價。雖有溢美之嫌，但可看出徐燦之詩詞不論在題材和抒情上都有其特殊地位。

---

[47] 徐燦：〈游仙詩〉，《拙政園詩集》，卷上，頁 7。
[48] 吳騫：〈新刻拙政園詩集題詞〉，《拙政園詩集》，頁 1。

四、詩詞題材之開創處

徐燦因為書香之家世背景，有了書寫的才情；因為丈夫作官漂泊不定，擁有了比一般女子更多的生命體驗；更因為五位兒女的相繼出生，讓她懂得教育與生離死別的內涵，這些特殊經驗便成為徐燦詩詞書寫之題材，以下筆者就詩詞交互談論，整理出三點：

(一)女性詠史詩

閱讀研究徐燦詩詞者，無人論及徐燦詩詞題材是否不同，今觀徐燦詩與詞的最大差異，在於徐燦大量書寫歌詠歷史女性的詩。徐燦詩歌詠述歷史人物時，常選擇歷史上的名女人為主題，以抒發內心感受，其詩集中總計有八首的詠史詩，徐燦歌詠的對象有西施、虞美人、趙飛燕、趙合德姊妹、班婕妤、王昭君、楊貴妃等女性，分屬春秋、漢、唐等時代，足見徐燦極為關注女性題材。詠史詩粗略可分為純粹詠史和以史寄懷或論斷兩類，以徐燦詠史詩而言，幾乎都是為了論斷史事，以凸顯女性意識，如徐燦詠二趙、班婕妤詩，其〈詠史〉云：

> 二趙擅天下，班姬詠秋扇。婉孌豈殊色，憎愛異所見。
> 燦燦明月珠，獨照昭陽院。婦德固無極，惟廑執牽戀。

流連九成帳，炎鼎自茲變。不見卓夫人，竊吐披香殿。
49

　　以「婦德固無極」談論婦德沒有一定的準則，將能歌善舞的二趙姊妹，與能賦詩文的班婕妤同樣視為才華殊異的美女。一句「炎鼎自茲變」道出皇帝喜好之轉變，雖然史書指責二趙身在受寵的「昭陽院」，依勢凶嬖亂政，徐燦卻有與史書不同的思考方向，她站在女性角度思考，國家的昏亂怎可歸罪於女性？如果不是漢成帝的荒怠淫亂，怎會有二趙的行為？

　　徐燦認為漢成帝才是漢代淫亂的主因，不可歸罪於二趙。最後以卓文君為例，認為卓文君有突破傳統，追求自我幸福的勇氣，可見卓文君是徐燦心目中的理想女性。不過如此類比，並不盡然合適，徐燦忽略了身份問題，畢竟卓文君不是後宮女性，可以較不受環境規範。

　　另有一首寫班婕妤的〈長信怨〉：「君心嫌故扇，懷袖起涼飆，揣分辭雕輦，承歡侍洞簫。綺羅秋御冷，歌吹夜聞遙，猶得陪長信，餘恩感未銷。」，[50]以史書所記載的辭輦事件，來看班婕妤賢良不越本份。清楚看出徐燦喜愛在詩中運用過往的歷史事件為題材，尤其是以女性觀點看歷史女性，除了屢次入詩的班婕妤，且看徐燦如何以典故抒發對王昭君與梅妃的情懷。〈昭君怨〉云：

49　徐燦：〈詠史〉，《拙政園詩集》，卷上，頁1。

50　徐燦：〈長信怨〉，《拙政園詩集》，卷上，頁16。

白首深宮裏，紅顏大漠前，去留均薄命，生死竟誰憐。
寒月窺秋鏡，胡馬切夜絃，玉容憔悴甚，翻覺畫圖妍。
[51]

一句「去留均薄命」道出個人對昭君和親的特殊看法。
又如〈梅妃〉詩云：「不學蛾眉鬥豔粧，御懶共舞霓裳，君恩
尚有珍珠賜，淚滿紅綃淚轉長。」對於梅妃所遭遇的愛情冷
暖，給與深刻對照。印證了徐燦熟讀史書，並對史書中的女
姓極為關注。

從班婕妤到王昭君到梅妃，從漢朝到唐朝，徐燦觀察到
即使朝代更換，後宮女姓依然必須面對被冷落的命運，而身
為女姓該如何看清如此的依附關係。

(二)夫妻酬答次韻詞

由於陳之遴當官在外，才有兩地的相思，也才有夫妻大
量的以詞酬答，因此開啟了徐燦「夫妻酬答次韻」的詞題，
這在李清照作品中是無法見到的。如徐燦詞中所言「惟有梅
花耐雪，堪冷淡、伴我黃昏。」對應了陳之遴詞中「緘題批
覽，兩地各黃昏。」的思念。又如徐燦〈憶秦娥‧初曉〉：

霜非早，花冠只向雞窗曉。雞窗曉。數聲不奈，一
燈悄悄。
戍樓傳箭頻催曉，香寒玉枕愁心小。愁心小。淚盈

---

[51] 徐燦：〈昭君怨〉，《拙政園詩集》，卷上，頁8。

秋水，鏡分多少。[52]

陳之遴則回應了〈憶秦娥‧次韻答湘蘋〉：

浮榮蠹，殤花賦雪無昏曉。無昏曉。玉堂春麗，錦
機年小。
蓮霜鴛浪經多少，舊遊空憶瓊枝繞。瓊枝繞。斷煙
荒蔓，那時誰道。[53]

　　兩人盡情的寫出夫妻之間的纏綿與思念之愛，徐燦以
「淚盈秋水，鏡分多少。」
　　敘述丈夫不在的景況，陳之遴則以「舊遊空憶瓊枝繞」
回應自己同樣思念對方。又如徐燦〈蝶戀花〉：

蝶不戀花花戀蝶。棄綠憐紅，不是他心劣。一種深
情情獨切，無情只愛同心結。　幾呂春冰吹漸裂。
謝得東風，肯送歸舟葉。日夜隨郎從未別，何須去
共吳門月。[54]

陳之遴寫了〈蝶戀花‧次答湘蘋〉：

---

[52] 王景桐編輯：《全清詞》順康卷第一冊，北京：中華書局，1994 年，頁 445。
[53] 同註 43，頁 423。
[54] 同註 43，頁 450。

弄月吟花宵復畫。點染新詞，多在杯闌後。彤管細
將宮譜究，墨痕長浣齊紈袖。　一霎銀瓶風雨透。
羞鏡鸞孤，頓覺詩情瘦。荊棘重圍竟暫漏，夢中還
識蕭郎否。[55]

「日夜隨郎從未別」對應了「夢中還識蕭郎否」，這是
多麼恩愛的夫妻，即使因為作官的關係分隔兩地，仍然將對
方放在身旁。由「羞鏡鸞孤，頓覺詩情瘦。」也可覺察到徐
燦是陳之遴書寫詩詞的源頭，當然如果沒有陳之遴，徐燦也
無法體會深刻之情感，彼此是相輔相成的。而這些夫妻酬答
次韻詞就有如書信的往來，能如此一來一往，非有才情與靈
犀之心，難有此作，令人生羨。姑且不論內容，以次韻而言，
若非彼此相知之深，實為困難，因此由夫妻酬答次韻之詞，
亦可觀徐燦與陳之遴夫妻如何經營深情關係。這在明清女詞
人中，是難得一見的景象。

(三)塞外東北記實

徐燦生活的足跡踏遍江南、華北一路到東北，無比寬廣
的生活場域，見識漸廣，她所反映的視野，自然也非一般閨
秀婦女所能比。如〈立春日感懷〉、〈秋日漫興〉：

千古荒涼地，春光到日遲。息心疎翰墨，呵手事機

---

[55] 同註 43，頁 430。

絲。[56]

共展裹書夜未休，薄寒出透竹間樓。殷勤且盡葡萄
釀，昧爽鳴珂紫陌頭。

椎髻自憐操作慣，啾啾砧杵帶霜拈。[57]

　　以上三首徐燦的詩，都是徐燦自述在東北的生活寫實。
在東北荒涼之地，徐燦必須忍受冰冷刺骨的寒冬，仍然勤於
織布，「呵手事機絲」傳神的表達一面織布，一面在織布機前
不停地吹氣保暖的景象，「息心疏翰墨」根本無暇從事文學創
作。是一首描繪生活實況的寫實詩。

　　另一首「殷勤且盡葡萄釀，昧爽鳴珂紫陌頭」記錄了夫
妻的異鄉生活情趣。偶然忙裡偷閒，慇勤釀製葡萄酒之餘，
也不忘與家人，在寒氣逼人的竹間樓裡共展書讀。日子過久
了，操勞家事的生活，徐燦似乎也能漸漸習慣。事實上，貫
穿東北四季寒冷透骨的氣候，與北京大不相同，加上物質條
件的貧乏，與北京有著天壤之別，徐燦一家人面對很嚴峻的
勞動生活考驗。在陳之遴的詩中，陳之遴哀怨已經年邁，卻
需耐著寒冬下田耕作「垂老迺受田，努力是東菑，載陽士膏
發，率作始自茲，敝裘不掩骭，冷風無時吹」[58]，「種禾蒔黍
食其力，麋鹿紛來恣吞噉」[59]，徐燦一家人過著粗茶淡飯的

---

[56] 徐燦：〈立春日感懷〉，《拙政園詩集》，卷上，頁 19。
[57] 徐燦：〈秋日漫興〉，《拙政園詩集》，卷上，頁 40。
[58] 陳之遴：〈感懷〉，《浮雲集》，卷三，頁 604。
[59] 陳之遴：〈逐鹿行〉，《浮雲集》，卷四，頁 615。

生活，陳之遴的詩文也有詳細的紀錄「藜藿克盤短褐完」，殊方風俗漸相安」[60]，「故老驚相告，頻年無此寒，彌增茅舍寂，倍覺客衣單。觸雪求薪遠，穿冰得水難」[61]。對應徐燦陳之遴夫婦倆人的詩文描繪，以茅屋為舍，自食其力地種田、逐鹿、採野菜，衣著粗陋，東北流放生活之艱難可見一斑。

　　文人雅士流放東北所面臨的生存困境可想而知，舉凡勞役之苦、飢餓之苦、寒冷之苦、虎患之苦、疾病瘟疫之苦等，都足以構成士人生存的危害[62]。陳之遴自述「舊疾多端餌藥難」[63]，徐燦也是「病多嘗藥遍，緣靜問心安」[64]，徐燦一度還因久病不癒苦無良方，想嘗試流行於東北的巫術芝方，〈病中感興〉曰：

　　　伏枕經旬氣未蘇，炎風挾日鼓洪爐，
　　　良方對病難求藥，異俗移入欲信巫。[65]

　　詩中道盡了久病不癒的心境。由以上這些詩的內容，印證了徐燦刻苦耐勞的性格，難得的是徐燦採取詩的實錄方式記載。

---

[60] 陳之遴：〈寄懷吳子漢槎〉，《浮雲集》，卷八，頁 644。

[61] 陳之遴：〈苦寒〉，《浮雲集》，卷六，頁 629。

[62] 何宗美：《明末清初文人結社研究》，天津：南開大學出版社，2003 年，頁 365。

[63] 陳之遴：〈寄懷吳子漢槎〉，《浮雲集》，卷八，頁 644。

[64] 徐燦：〈懷德容張夫人〉，《拙政園詩集》，卷上，頁 13。

[65] 徐燦：〈病中感興〉，《拙政園詩集》，卷上，頁 44。

　　由以上題材內容可歸納徐燦的作品，超越前人之處有
三：（一）、體現的生活空間更寬廣（二）、面對社會變遷的表
現更堅強（三）、沉郁之情更深刻。不論是徐燦的游仙詩或〈滿
江紅〉詞，都可觀其意境之深幽，且常運用翻轉之筆法與思
緒相結合，成就了徐燦獨到的憂生患世之音。徐燦因題材而
延伸了「隨戌」、「感慨古今」、「閨中女子唱和」、「夫妻酬答」
等主題，這些主題在她之前，連李清照在內的女詞人都是極
為少見或不見之內容，[66]其中「夫妻酬答」之主題是值得關
注的，徐燦之一生職責，在安家教子，敬姑侍夫，因此極為
重視夫妻情感，「夫妻酬答」呈現了才子與才女的混合聲音。
清代另一位女詞人吳藻則不然，她寫出「願揅銀河三千丈，
一洗女兒故態。」[67]不在乎男女情感的句子，因此從徐燦的
「敬夫」，到後來吳藻的「鄙夫」，到秋瑾的「離夫」，從詩詞
題材中可以找到轉變的線索。

五、結語

　　近代學者俞陛云（1868-1950）[68]評論徐燦「清代閨秀詞

66　張宏生：〈偏離與靠攏──徐燦與詞學傳統〉，南投：《暨南學報》，第
　　27 卷第 2 期，2005 年，頁 57。

67　吳藻：《花簾詞》，《小檀欒室彙刻閨秀詞》，安徽：南陵出版社，1991
　　年，頁 11。

68　俞陛云：《唐宋名家詞選》，上海：上海古籍出版社，1980 年；《近三百
　　年名家詞選》，上海：上海古籍出版社，1956 年。

有三家：湘蘋特起于前，顧太清、吳蘋香揚芬于後，卓然為詞壇名媛。」[69]「湘蘋」即徐燦，由此評論看得出徐燦在清代閨秀詞的重要性。孫康宜也提到徐燦：「有許多學者讚譽她是中國帝制末期最佳的女詞人，其成就甚或超越宋代的李清照。」[70]認為徐燦超越了宋代的李清照。吳騫則言「盡洗鉛華，獨標清韻，又多歷艱難憂愁，拂鬱之思，時時流露楮墨間。」[71]以「盡洗鉛華」說明徐燦與一般女性詞人之不同處，以「多歷艱難憂愁」點出徐燦詩的題材廣泛，或抒家園之思、興亡之慨、紀夢遊仙、擬古詠史、題畫詠物、懷友悼亡、感應現實等。論及徐燦詞的內容極為廣闊，包含有詠物寫景、閨思抒情、夫妻酬答、慨歎興亡、交游旅懷、風俗見聞諸多主題；北宋李清照的詞雖然壓倒鬚眉，為女性詞壇開創了不朽的典範，堪稱宋代婦女詞中的第一，「在士大夫中以不多得，若本朝婦人，當推辭采第一」，[72]然若論及徐燦詩詞，其實是足以與她分庭抗禮的。

由以上等人看徐燦詩詞之地位，在徐燦之前，李清照的詞壓倒鬚眉，為女性詞壇開創不朽的典範，堪稱宋代婦女詞中的第一。到了明末清初，徐燦詩詞雖上有所承，然筆者以為徐燦與李清照作品實有不同之生命風格展現，徐燦詩詞之題材更加開闊了；所以徐燦也下有所啟，影響了吳藻和秋瑾

[69] 尤振中、尤以丁編：《清詞記事會評》，安徽：黃山書社，1995，頁66。
[70] 孫康宜：《古典與現代的女性闡釋》，臺北：聯合文學，1998年，頁111。
[71] 吳騫：《拜經樓詩話》，臺北：藝文印書館，1965年，頁18。
[72] 鄧紅梅：〈徐燦詞論〉，收於張宏生編：《古代女詩人研究》，武漢：湖北教育出版社，2001年，頁448。

之英雄詞作。徐燦由於家學淵源，賦性聰慧，再加上身歷明末亂世，所以在詩詞題材中所表現的思想，已有其特殊風貌。她透過詩詞的自由書寫，表現出自我生命的特殊樣態，寫下了婦女詩詞史的重要一頁。

一扇窗，讓書寫有了心跳，活躍出一段閱讀歲月，她在拙
政園的花已經撐開了天。

（湘鳳為徐燦賦詩，繪圖：田明玉）

休歎花神去杳，有題花，錦箋香稿。紅陰舒卷，綠陰濃淡，
對人猶笑。把酒微吟，譬如舊侶，夢中重到。請從今，秉
燭看花，切莫待，花枝老。

（徐燦〈水龍吟〉，書法：田明玉）

芳菲春已逝，菀結晝多愁。鶯轉玉窗靜，香餘寶鴨幽。淡

雲懷北堵，殘日怨東流。兒女縈方寸，殷勤念學裘。

（徐燦〈初春有感〉，書法：蔡志懋）

附錄　拙政園之庭園風景與相關詩詞賞析

　　明代正德年間，王獻臣建造的拙政園，屢易其主，後為
徐燦之夫陳之遴所擁有，徐燦詩詞集因此以此庭園定名。

攝影：陳浩然
拙政園之庭園整體設計可參閱謬立群《拙政園──信
有山林在市城》(蘇州市：古昊軒出版社，2017 年)

攝影：陳浩然

　　以下配合此章節所論及與拙政園相關之詩詞風景，作一圖文對應：（感謝陳浩然教官提供實地之攝影作品）

　　徐燦之〈游仙詩〉其四云：

萬緣消盡俗塵離，清淨虛空兩不疑，閬苑何嘗非鹿苑，瑤池原即是蓮池。

一聲喝醒升天日，九轉丹成見佛時，偶爾栽花本無意，莫吟秋實結何枝。

攝影：陳浩然

陳之遴回應徐燦之〈憶秦娥‧次韻答湘蘋〉：

蓮霜鴛浪經多少，舊遊空憶瓊枝繞。瓊枝繞。斷煙
荒蔓，那時誰道。

攝影：陳浩然

徐燦〈初夏懷舊〉詩云：

金閶西去舊山莊，初夏濃蔭覆畫堂。和露摘來朱脆
李，撥雲尋得紫芝香。竹屏曲轉通花徑，蓮沼斜迴
接柳塘。長憶擷芳諸女伴，共搖紈扇小窗涼。

攝影：陳浩然

徐燦〈唐多令〉：

客是舊遊人，花非昔日春，記合歡樹底逡巡，曾折
紅絲圍寶髻，攜嬌女坐斜曛
芳樹起黃塵，苔溪斷錦鱗，料也應夢繞燕雲，還向
鳳城西畔路，同笑語拂花茵。[73]

---

[73] 徐燦：〈唐多令〉，《拙政園詩餘》，卷上，頁 21。

攝影：陳浩然

攝影：陳浩然

攝影：陳浩然

　　此景謂之「別有洞天」，其意在於分隔兩處的花園粉牆
與走廊，一洞窈然，溝通兩園，兩園景色往往各有千秋。

延伸閱讀文獻

(1) 專書

徐燦：《拙政園詩集》，臺北：藝文印書館，1965 年。

徐燦：《拙政園詩餘》，臺北：藝文印書館，1965 年。

吳騫：《拜經樓詩話》，臺北：藝文印書館，1965 年。

周宗盛：《中國才女》，臺北：水牛出版社，1982 年

胡文楷：《歷代婦女著作考》，上海：上海古籍出版社，1985 年 3 月。

李士芳、牛素琴：《古今著名婦女人物上冊》，河北：人民出版社，1985 年 12 月。

梁乙真：《中國婦女文學史綱》，上海：上海書店，1990 年。

陳喬楚注：《人物志今注今譯》，臺北：臺灣商務印書館，1992 年 12 月。

李清筠：《時空情境中自我影像》，臺北：文津，2000 年。

鄧紅梅著：《徐燦詞論》，武漢：湖北教育出版社，2001 年 6 月。

諸葛憶兵：《李清照與趙明誠》，北京：中華書店，2004 年 4 月。

釋慧開：《儒佛生死學與哲學論文集》，臺北：洪業文化，2004 年。

郭 蓁：《漫云女子不英雄》，上海：上海古籍出版社，2004 年 7 月。

傅偉勳：《死亡的尊嚴與生命的尊嚴》，臺北：正中書局，2005

年 9 月。

(2) 期刊論文

孫康宜作，謝樹寬譯：〈陰性風格或女性意識？──柳如是和
　　徐燦的比較〉，臺北：《中外文學》，第六期，1993 年 11
　　月。

顧燕翎：〈從婦運看女性意識發展的階段性〉，臺大人口研究
　　中心婦女研究室編印《婦女研究暑期研習會論文集》，
　　1988 年。

陳素真：〈性別、變裝與英雄夢 ── 從明清女詩人的寫作傳統
　　看秋瑾詩詞中的自我表述〉，《東海中文學報》第 14 期，
　　2002 年 7 月。

劉煒：〈以詩說法：馬一浮的詩歌創作取向學〉，《鵝湖月刊》
　　第 391 期，2008 年 1 月。

牟宗三：〈實踐的智慧學〉，《鵝湖月刊》第 394 期，2008 年 4
　　月。

第五章　蒲松齡小説
——虛擬女性之愛欲追尋

一、前言

　　蒲松齡（1640～1715）生於明崇禎十三年，卒於清康熙五十四年。一生科舉不得志，長期過著貧困的塾師生活；大部分生活在淄邑和濟南之間，接觸的人物非常廣泛，上至統治階層人物，下至農夫村婦、僧道術士。[1]他專心收集民間的故事傳說，對社會百態有深切的體認與關懷，這種社會關懷豐富了他的精神生活，也為他的《聊齋誌異》植入了深厚的基礎。在小說中，他寄託了內心的「孤憤」，即使是以鬼狐為題材，一樣寓有諷一勸百的功能。

　　《聊齋誌異》中愛情故事佔了相當多的篇數，蒲松齡有意披著鬼狐仙怪的外衣，反映出人類最真實的情愛欲求。值得觀注的是，從《聊齋誌異》中，已可觀察出蒲松齡對男女

---

[1]　羅敬之：《蒲松齡及其聊齋誌異》，臺北：國立編譯館主編，1992年5月，頁 12。

愛情的認知，有其獨特的看法，蒲松齡不只為男人創造了一個情愛的烏托邦，[2]他也為女人創造了一個情愛的美麗幻想空間。基於追求美貌的心理，聊齋愛情故事中的女主角，不論是人，或是鬼狐的化身，除了少數有特殊用意的篇章外，幾乎清一色全是美的化身，因為「驚艷」，往往是男主角陷入愛情漩渦中的第一個序曲，如〈聶小倩〉〈畫皮〉等篇，鬼狐形象側重在美麗多才，但〈醜狐〉篇卻描繪一隻狐狸，以很醜的女子形象出現在窮書生面前，這是蒲松齡以現實界的現象與經驗為範本，是符合社會可能出現的現象書寫。蒲松齡為何要如此書寫？本章梳理出蒲松齡透過〈醜狐〉篇的書寫，指出男女如何以自己的方式，來接近自己認為的愛欲。從中，可以觀察出男女對愛欲的認知有極大差異，亦可作為現今性別文學的重要教材。類此故事，作為今日青年處理愛情問題或父母處理子女婚姻問題的借鏡，是個極為嚴肅的主題。

二、狐狸的愛欲與法術

在《聊齋誌異》的愛情故事裏，異物化形的都是女性，並且由女性主動的許身與追求，若從心理層次探究，文人刻意維護自己的尊嚴，深怕社會指責，因此在現實社會裏無法實現的名利理想，只能寄託於鬼狐世界。[3]〈醜狐〉篇描繪一

---

[2] 馬瑞芳：《馬瑞芳揭祕——聊齋誌異》，北京：東方出版社，2006 年，頁 3。

[3] 張火慶：〈聊齊誌異的靈異與愛情〉，臺北：《中外文學》，1980 年 10 月，頁 78。

隻狐狸，以很醜的女子形象出現在窮書生面前，在中國古典
小說中的妖精，以狐狸精最多，大部份的狐狸精則與美女聯
想在一起，[4]此篇蒲松齡則在美女狐狸中，創造出另一種黑醜
狐狸來。

(一)狐狸的愛欲

　　狐妖，是一個從自然界抽象出來的神秘符號，既保有自
然物本身的生態特質，又增潤了人類文化的色彩。透過對狐
妖故事的解讀，我們可以對自然萬物的習性有所認識；而狐
妖故事在創作階段也會借鑑物性而加以想像，有了對物性的
瞭解，其所創造出來的狐妖形象會更合情合理。在〈醜狐〉
篇的狐妖故事一開始，蒲松齡即描繪醜狐主動的獻身，至於
醜狐為何要主動接近人類，張火慶從動物的立場解釋：

> 動植物化形為人，在物種演化上是升格，因此，由
> 於好奇或狂蕩，牠們想嘗試人的滋味。愛情使牠產
> 生人類意識，性事則強化了牠們的肉體。與人類接
> 觸，整個的改變牠們生理與心理的結構。[5]

　　在《聊齋誌異》的愛情故事裏，異物化形的都是女性，
並且由女性主動的許身與追求，若從心理層次探究，文人刻

4　葉慶炳：〈古典小說中的狐狸精〉，臺北：《中外文學》，1977 年 7 月，
　　頁 48。
5　張火慶：〈聊齋誌異的靈異與愛情〉，臺北：《中外文學》，1980 年 10 月，
　　頁 80。

意維護自己的尊嚴，深怕社會指責，因此於現實社會裏無法實現的名利理想，只能寄託於鬼狐世界。[6]因此在蒲松齡的觀念裏，狐妖除了動物的立場外，〈醜狐〉篇之鬼狐化身為女性，主動許身，蒲松齡其實已賦予了女性一種象徵著反抗現實傳統的自由，醜狐女子可以享有自我選擇的愛與恨，因而可以慷慨的以財物救濟書生，並以身相許。之後，她同樣要求男子在接受自己財物救濟的同時，必須也維持忠誠，稍有猜疑，便自在離去。其中，醜狐女子所謂的愛情，是導源於性欲的需求。因為動物最能肯定的人際關係即是肉體的接觸，而情愛的原始方式就是欲的滿足。

(二)狐狸的法術

〈醜狐〉篇的男女形象如下：

> 穆生，長沙人，家清貧，冬無絮衣。一夕枯坐，有女子入，衣服炫麗而顏色黑醜，笑曰：「得毋寒乎？」生驚問之，曰：「我狐仙也。憐君枯寂，聊與共溫冷榻耳。」生懼其狐，而厭其醜，大號。[7]

窮苦的書生是聊齋大部份男性的形象，這是因為蒲松齡自己深深地感受到「窮苦」是實實在在的存於生活周遭，是

---

6 張火慶：〈聊齋誌異的靈異與愛情〉，臺北：《中外文學》，1980 年 10 月，頁 78。

7 蒲松齡原著，馬瑞芳校評：《馬瑞芳重校評聊齋誌異》，河北：河北教育出版社，2008 年，頁 978。

活生生的現實，因此帶給生活的「愁」自然是無法逃避，[8]所以書生的長相在小說中，並不重要，倒是清貧到冬無絮衣的形象是交待的重點。而女子的形象是，衣服炫麗而顏色黑醜，一般的書生總是期望見到美麗的狐狸精，既愛其美，才可忘其狐，穆生完全相反，〈醜狐〉中的穆生一見醜狐以後「懼其狐而又厭其醜，大號。」遇到的是醜到讓他嚇到大叫的狐狸精，此處不得不提出疑問，〈醜狐〉中的狐為何不將自己變化為美麗的女子？當然，狐狸精變化的情形與道行的高低有關，狐五十歲能變化為婦人，百歲為美女為神巫，[9]想來〈醜狐〉中的狐狸年紀尚輕，因此無法變化為美女，另外，筆者以為狐狸的法術也有專攻，這是一隻很會變錢財，卻無法變美貌的狐狸。現今，有婦女到狐仙廟求財、求媚、求桃花，多少與蒲松齡所創造的狐有些關係。

　　蒲松齡所創造的狐，除了本身會變之外，還會變出許多身外的東西來，所以有時荒園廢墟，一旦妖狐窟穴的洞，其中便「屋舍華好，嶄然一新，入室，陳設芳麗，酒鼎沸於廊下，茶煙裊於廚中。」（《聊齋·九山王傳》）狐因能化形；故不論怎樣小的空隙，它都能進出自如。這種意象的構成，與它的形體不無關係，因為狐首尖，尖則便鑽穿；狐腰軟，軟則便於屈折。以〈醜狐〉篇的狐而言，她很會變錢財與黃金，所以能變出元寶誘惑穆生，在穆生見錢眼開，答應與她同居後，「留

8　陳葆文：《聊齋誌異癡狂士人類型析論》，臺北：里仁書局，2005 年 1 月，頁 31。

9　葉慶炳：〈古典小說中的狐狸精〉，臺北：《中外文學》，1977 年 7 月，頁 56。

金以酬之。從此至無虛夕。每去，必有所遺。年餘，屋廬修潔，內外皆衣文錦繡，居然素封。」穆生因她而榮華富貴，當她要報復書生對她的忘恩負義行為時，「俄見女抱一物入，貓首狢尾，置床前，嗾之曰：『嘻嘻！可嚼奸人足。』物即嚙履，齒利於刃。」想來這隻貓首狢尾的怪物即醜狐以法術變出來的寵物，正因為醜狐會法術，才能體現蒲松齡警惡揚善的願望，正因為她們是狐，雖然遇到負心漢，卻比人間女子多了報仇雪恨的法力，能以美麗的理想代替不足的真實。以此觀之，醜狐何嘗不願將自己變美麗？只是每隻鬼狐的法術能力也有限，醜狐有能力變錢財，卻沒有能力變美麗，有如世間女子美麗與才德兼備，何其難！若要擇其一而愛，男子又當如何抉擇？但是，外表醜陋的女子，難道就不嚮往愛情嗎？當一位女子沒有美麗的崇人本錢時，又當如何追尋愛情？這隻醜狐似乎看出書生的物質欲求，因此投其所好，才發展出一段不是真感情的感情。

三、畸形愛欲與變態物欲

要探討聊齋誌異中的男女悅戀問題，必須揭開狐鬼妖魅的皮相——「保護色」，才能瞭解《聊齋誌異》的愛情故事，從〈醜狐〉篇中，不難發現蒲松齡對兩性關係的理念，有其謹嚴卓越的系統。陳香將這些愛情故事歸納為五點特徵：

（1）自成一套的愛情理念—始終將儒、釋、道的兩性觀點，揉合為一。（2）以愛情生於色慾的衝動為理論基礎—認為人鬼禽獸蟲魚花木，莫不 皆然。（3）事物樣樣賦以人性—而以愛情為人性的弱點，色慾為人性的大憾。（4）抓緊所見所聞的畸形愛情與變態色慾—加以詼諧的諷刺或嚴肅的批評。（5）主張「以命自安、以分自守」的愛情與色慾為範疇—諄諄規勸世人，不可走火入魔。[10]

若以陳香的第四項觀點來看〈醜狐〉篇的精神焦點所在，則蒲松齡不只認為愛情為人性的弱點，面對錢財的誘惑，人性依然脆弱；同時也抓緊了所見所聞的畸形愛情與變態色慾加以詼諧的諷刺或嚴肅的批評。而在這畸形愛欲中，蒲松齡也書寫了反傳統的男女形象：

(一)愛恨分明的女子形象

聊齋書中，鬼狐化女與人類男性交往的情形，大致有五種情況：（1）蠱惑，（2）相悅，（3）報恩，（4）夙緣，（5）託附。[11]〈醜狐〉篇當屬託附類，是醜狐女子期望能得到書生的慰藉。醜狐沒有美麗的外表，即使外表醜陋，她仍渴望

---

[10] 陳香：《聊齋誌異研究》，臺北：國家出版社，1990 年 6 月，頁 19-20。

[11] 張火慶：〈聊齋誌異的靈異與愛情〉，臺北：《中外文學》，1980 年 10 月，頁 78。

愛情，是屬不甘寂寞，主動尋愛的女狐形象。但蒲松齡在寫周旋於男人間，依靠男人的狐狸的同時，也寫了有獨立意識的狐狸，她們與傳統的依附於男人的女性絕然不同，她們主動熱情，敢追求愛情，拿得起放得下，進退自如，〈醜狐〉篇的醜狐就是如此的形象。醜狐對愛欲的追尋是主動的，她以女子身份主動找上穆生，想與穆生「共溫冷榻」，如此直接表白，是因《聊齋誌異》的男女交往情形，與我們所熟知的愛情方程式恰恰相反，它總是開始於單純而直接的肉體結合。「從此至無虛夕，每去必有所遺。」充分顯示了醜狐對於肉體的執迷，耽於感覺世界的滿足。只是醜狐以為元寶可以買到情愛，以為解決了穆生家境清寒的困境之後，穆生會感恩生情，其實她錯了！當她滿足了穆生的物質需求之後，穆生聘術士至，畫符於門，要術士把醜狐趕走，此處蒲松齡細心的提出男女對同居關係該如何結束的看法，穆生因為女子賂貽漸少，由此開始心厭之，但他並不與女子溝通，直接找術士害女子，在醜狐知道書生的想法後，「入指生曰：『背德負心，至君已極！然此奈何我！若相厭薄，我自去耳。但情義既絕，受於我者須要償也！』忿然而去。」醜狐被激怒了！醜狐認為自己是可以溝通的，如果討厭她，就該委婉告知，她自然會離開，不該以手段逼迫，因此要將在一起時所給予書生的財物要回來。這又涉及男女分手時，該不該要回或歸還當時的贈與？以此問題詢問課堂學生，大部份女子會將男友以前所贈送的奇異珍寶上網網拍，變現之後自由使用。

　　愛恨分明的醜狐，開始了憤怒的報復，她將自己養的一

隻貓首猳尾的寵物，像虎姑婆一樣「嚼指爽脆有聲」，咬了書
生的腳指頭，足血淋漓，喪其二指。並收回原先所給予書生
的一切財物，之後醜狐便離開了！因此書生「室中財物盡空，
惟當年破被存焉。」書生自取其辱之後，家清貧如初，回到
原本的窮苦模樣。到此，以小說的情節佈局，就此結束也無
可厚非，但蒲松齡多了一小段，描寫醜狐與書生的再度相遇。
在醜狐離開書生之後，是否就放棄情愛？其實不然，她仍然
繼續追求她要的情愛，醜狐代表反傳統的女子，她們不被理
教所拘束，可以自由的選擇自己的對象，更不需經過繁瑣的
婚姻儀式，只要「趁夜奔之」就可以達到目的。「狐適近村於
氏。於業農家不中資，三年間援例納粟，夏屋連蔓，所衣華
服半生家物。」她嫁給了農夫，至於她為何選擇了近村的農
夫，想來是對書生的身份失望了，醜狐當初會選擇書生，應
是認為讀聖賢書的書生較知情義，沒想到書生會忘恩負義。
她仍然能幹的改善了農夫的家庭，讓農夫三年間援例納粟，
夏屋連蔓。

(二)貪財的書生形象

　　馬瑞芳在論及聊齋的人物時，有「負心漢和復仇女」一
類，[12]〈醜狐〉篇的男女當屬此類。〈醜狐〉篇是蒲松齡在好
色命題之外，也透露出好財命題在士人心中的重視程度及所
受到的困擾。蒲松齡總讓書生與鬼狐相遇在書齋，論及書齋
這一空間，本應是書生讀書著和修身養性的空間，蒲松齡在

---

[12] 馬瑞芳：《神鬼狐妖的世界》，北京：中華書局，2002 年，頁 2。

小說中，卻讓書齋成了書生與狐鬼共敘歡情之地，這是《聊齋誌異》在敘事上對傳統儒家文化的僭越，[13]也是蒲松齡在某種程度上對書生和儒家文化的諷刺。由〈醜狐〉篇，描寫書生在見到醜狐時的情緒轉折，可以看出書生的低劣操守，先是「生驚問之」到「生懼其狐，而厭其醜」，在見到元寶之後──「生悅而從之」，從驚嚇到畏懼到喜悅，轉折起伏未免太大了！充分顯示書生對於財富的執迷。小說的結束段落，蒲松齡描寫醜狐與書生再度相遇了，「偶適野，遇女於途，長跪道左。女無言，但以素巾裹五六金，遙擲之，反身徑去。」此處極為精彩，筆者以為這當是最早書寫女子付贍養費給男子的小說，《聊齋誌異》雖描寫一些忘恩負義、喜新厭舊的薄倖男子，卻少有貪財又懦弱的「長跪道左」男子形象，〈醜狐〉篇的書生在忘恩之後，與醜狐相遇，竟能為了錢財，無恥的長跪道左，以往這是女人才有的行徑，竟然發生在書生身上，多諷刺啊！在封建宗法社會中，婦女地位本受男性壓制，蒲松齡卻書寫了鮮活的經濟獨立復仇女。更有趣的是，連醜狐都無言以對，也不知該說什麼，只是以素巾包裹了五六金，遠遠的拋給了書生，「反身徑去」就瀟灑的離開了！書生是否因此瞭解自己的貪欲和懦弱，不得而知。

---

13 陳曉屏：〈論《聊齋誌異》書齋空間中權力敘事對身體敘事的收編〉，北京：首都師範大學碩士論文，2008 年，頁 6。

四、提供愛欲的多層角度

　　蒲松齡對狐狸意象的重塑是一項大膽創造，蒲松齡借用狐妖意象對人類自身進行審視，狐妖被抽象到心靈空間。當人類品行比狐妖低劣時，毫不客氣的諷刺人類。[14]若要瞭解蒲松齡的思想，必須揭開狐鬼妖魅的「保護色」，方能洞覽其精神焦點所在。聊齋的人物常遇到現實生活中不可能出現的際遇，蒲松齡以他的魔杖點化了人物細節，而這些細節和現實生活是相吻合的。[15]其中始終強調的，是倫常，是四維八德，是人性。諸篇中，對男女悅戀的渲染與演繹亦然，莫不以儒家的倫常道德為基本精神，〈醜狐〉篇在繼承了中國傳統士大夫的儒家文化之外，蒲松齡為女性開闢出另一個形而上的精神世界，塑造了一個與儒家的規範相互對立的書生。[16]〈醜狐〉篇的男主角有著被科舉幽禁的書生心靈，不只精神上的孤獨，在物質上更是匱乏，因此被現實的物質世界所吸引，書生為了滿足物欲，為了從貧困的物質生活解放，竟答應了醜狐的要求，而且毫無徘徊於道德與情慾之間的尷尬處境出現。誠如陸又新所論及：

[14] 楊秀雲、楊萍：〈《聊齋誌異》中狐意象的獨特意蘊〉，長春：《長春師範學院學報》，28卷2期，2009年3月，頁65。

[15] 馬瑞芳：《聊齋誌異創作論》，山東：山東大學出版社，1990年，頁213。

[16] 蒲松齡原著，郝譽翔導讀：《夢幻之美　聊齋誌異》，臺北：大塊文化，2010年，頁15。

> 雖然金錢與美女是男性追的目標。但是,對於貪財
> 好色、罔顧道義、寡廉鮮恥之輩,蒲松齡是不屑一
> 顧的。他藉著「毛狐」和「醜狐」把這一類的小人
> 物作了一番生動的描述,達到諷刺的效果。[17]

　　明確點出類此書寫,是對讀聖賢書的書生極大的嘲諷。由此得知,蒲松齡書寫故事的血肉精神,實因為困頓於累積的憤怒,致使鬱結而喋喋的諷諫,不得不以狐鬼妖魅的「保護色」,來隱喻抒發。雖然談的多是狐鬼妖魅,述的多為男女愛欲,描寫的也只是一些速寫式的細小生活畫面,但卻像放大鏡一樣突出了具有普遍性的社會現象。[18]這實在是不得已的,一如他自己在「聊齋自序」中所云:「寄託如此,亦足悲矣!」在蒲松齡小說中,強調出人與鬼狐在生活和精神上,都有著雙重的孤獨。

(一)異史氏的聊齋觀點

　　中國小說家,作為虛構者的執憑,受到敘事文最早期就定下來對歷史的固有依附的約束,不管這約束有多輕微,加入評註是許多中國小說成篇的程式。[19]因此,蒲松齡書寫聊齋時,仿照了史記「太史公曰」的形式,加上「異史氏曰」

---

[17] 陸又新:《聊齋誌異中的愛情》,臺北:學生書局,1992 年 5 月,頁 1。

[18] 唐富齡:《文言小說高峰的回歸——聊齋誌異縱橫研究》,武昌:武漢大學出版社,1990 年 7 月,頁 208。

[19] Kenneth J DeWoskin 著、賴瑞和譯:〈六朝志怪與小說的誕生〉,臺北:《中外文學》,第 9 卷 3 期,1970 年 8 月,頁 24。

四字，在全書四百四十三篇中，就佔有兩百餘則，直接以作者的身分為故事加上按語或評論，有時更褒貶故事中的人與事，表明自己的觀點和立場。而要得知《聊齋誌異》的隱喻處，則篇末之議論不得不仔細閱讀。在〈醜狐〉篇，蒲松齡也以慣有的手法寫下對穆生的指責，末段的「異史氏曰」：

> 邪物之來，殺之亦壯；而既受其德，即鬼物不可負
> 也。既貴而殺趙孟，則賢豪非之矣。夫人非其心之
> 所好，即萬鍾何動焉。觀其見金色喜，其亦利之所
> 在，喪身辱行而不惜者歟？傷哉貪人，卒取殘敗！[20]

蒲松齡明白的說出穆生的貪念傷人，穆生對於醜狐的性愛邀約，是可以拒絕的，但穆生選擇了接受，既然選擇接受又蒙受她施予富貴的恩惠，即使是狐怪也不能忘恩負義的。等自己富貴了才殺掉當初讓你富貴的「趙孟」，那不是賢豪該做的事。

故事若無倫理道德的充實，必然缺乏中心主題，內容也必乏善可陳，甚至索然無味。聊齋所以能傳誦古今流播中外，即因深具雄厚的道德力量，從故事中或隱或顯的表現道德觀；而道德是從儒家闡揚、發展出來的，故聊齋裡有很濃厚的儒家思想。蒲松齡是以情德並重的觀點評價穆生，將穆生所代表的士人角色，在科舉制度壓抑下的窮苦生活，如何抵

---

[20] 蒲松齡原著，馬瑞芳校評：《馬瑞芳重校評聊齋誌異》，河北：河北教育出版社，2008年，頁979。

抗不義之財的誘惑，如何將生命的心靈趨於完整，是蒲松齡書寫聊齋時想要明晰的價值體系。

(二)評註的讀者觀點

由上可知，蒲松齡僅以道德的立場談論穆生，並未從醜狐的立場分析女子的情愛，以下舉馬瑞芳和但明倫的評註觀點，以觀察近代讀者對〈醜狐〉篇所傳達出的多元訊息。馬瑞芳在評註〈醜狐〉篇時，有以下的看法：

> 醜狐不僅面目醜，心靈也醜，她以為金錢可以買來愛情，對方變心後，她報復的心狠手辣。穆生是小人，見錢眼開，錢少變臉。倘若一般人間女子遇到此種人，只能認命，只能以淚洗面，偏偏遇到有妖力的醜狐，用青州俗話說，叫「彎刀對著瓢切菜」。在這個怪異故事中蘊藏著深刻的哲理。[21]

從讀者的觀點，馬瑞芳已然分析了醜狐「以為金錢可以買來愛情」的個性與形象，但卻以「面目醜，心靈也醜」和「心狠手辣」來形容醜狐，筆者以為，若從女子的情欲追尋和男女情欲的認知角度上閱讀這篇小說，可以得知，狐女擁有超現實的本領，擁有不虞匱乏的經濟能力，也可以自由選擇所愛，這是蒲松齡肯定女性的尊嚴，重視女性的感情世界。只是她想用金錢來彌補外貌的缺憾，想以此換取她要的性

---

[21] 同註 17。

愛，結果是被男人背叛了！當書生情義既絕時，醜狐女子說出「受於我者，須要償也！忿然而去。」難道這不是人之常情？不料書生害怕醜狐的忿然而去，竟然變本加厲，讓術士作壇，想要再加害醜狐，是書生的一錯再錯，醜狐才不得不氣憤到「室中擲石如盆，門窗瓦甕，無復全者。」馬瑞芳說她「心靈也醜」和「心狠手辣」實在是對醜狐女子太嚴苛了！難道書生不該對自己的行為負責？難道醜狐沒有因此得到愛情是無法販賣的教訓？就如馬瑞芳在故事的話開頭，即評註「醜狐以錢買相好，與男子以錢追歡買笑有什麼區別？」許鐘榮認為「醜狐並不醜，真正醜惡的是穆生。」[22]筆者較贊同如此的評述，只是許鐘榮仍只討論穆生，角度稍嫌單向。

承上，但明倫在評註〈醜狐〉篇時，又有不同的見解：

> 明知其狐，而不厭其醜，乃見金而悅從之，鄙矣卑矣，藉以瞻其身家，復因其賂遺不繼，而逐驅之，毋乃愚而詐乎，讀不思以彼禦窮，而不念昔者狐肯甘心貽肆，而僅撫躬自悼乎，嚼指有聲，此等奸人只合付之貓猻耳，喪其二指，祇足抵二載衣食之資，貨婢鬻產，而猶是當年，適落從一場笑話耳，我之懷矣，自貽伊戚其穆生之謂乎。[23]

---

[22] 浦松齡著、許鐘榮解說：《聊齋誌異》，臺北：錦繡，1993 年，頁 92。

[23] 浦松齡著、但明倫、王士正、呂湛恩評註：《聊齋誌異評註》卷 16，臺北：臺灣商務印書館，1962 年 2 月，頁 20。

但明倫是以穆生的角度來評註〈醜狐〉篇，他以「鄙矣卑矣」和「愚而詐乎」來形容穆生的無恥，認為此等奸人被醜狐的貓猳咬掉手指，是罪有應得。甚至覺得只讓穆生失去二指，只能算是抵債，並不過份。深覺穆生的富貴如夢，真是一場笑話！看來，但明倫是比蒲松齡和馬瑞芳在更看輕穆生。

五、結語

在《聊齋誌異》的愛情故事裏，異物化形的都是女性，並且由女性主動的許身與追求，若從心理層次探究，文人刻意維護自己的尊嚴，深怕社會指責，因此在現實社會裏無法實現的名利理想，只能寄託於鬼狐世界。[24]像〈醜狐〉篇之鬼狐化為女性，主動許身，蒲松齡其實已予了女性一種象徵著反抗現實傳統的自由，因此醜狐女子可以享有自我選擇的愛與恨。只是，醜狐將黃金與愛情畫上等號，在男子滿足了富貴的貪欲之後，反過來請道士要加害於她，醜狐的形象也開始有了轉變，因此醜狐的轉變與的男子貪欲是密不可分的。同時，蒲松齡在〈醜狐〉篇中，也藉由會變財物的狐理，塑造了富貴的夢幻世界，蒲松齡讓貪財見錢眼開的書生，在

---

[24] 張火慶：〈聊齋誌異的靈異與愛情〉，臺北：《中外文學》，1980 年 10 月，頁 78。

享受富貴之後，忘恩負義，因此有了人狐對立的歷程，[25]這往往是蒲松齡以現實界的現象與經驗為範本，是符合社會現況的。類此故事，作為今日青年處理愛情問題或父母處理子女婚姻問題的借鏡，實在是個極為嚴肅的主題，又豈能僅以風月等閒觀點來閱讀《聊齋誌異》。

---

[25] 郭玉雯：《聊齋誌異的幻夢世界》，臺北：藝文圖書公司，1985 年 7 月，頁 140。

延伸參考文獻

(1) 專書

蒲松齡原著、郝譽翔導讀:《夢幻之美 聊齋誌異》,臺北:大
　　塊文化,2010 年 5 月。

蒲松齡原著、馬瑞芳校評:《馬瑞芳重校評聊齊誌異》,河北:
　　河北教育出版社,2008 年。

馬瑞芳:《馬瑞芳揭祕──聊齋誌異》,北京:東方出版社,
　　2006 年。

陳葆文:《聊齋誌異癡狂士人類型析論》,臺北:里仁書局,
　　2005 年 1 月。

伍剛、聶峭、羅金遠 編著:《聊齋志異通俗本》,臺北:華文
　　網股份有限公司,2004 年。

馬瑞芳:《神鬼狐妖的世界》,北京:中華書局,2002 年。

石育良:《怪異世界的建構》,臺北:文津,1996 年。

蒲松齡著、許鐘榮解說:《聊齋誌異》,臺北:錦繡,1993 年。

陸又新:《聊齋誌異中的愛情》,臺北:學生書局,1992 年 5
　　月。

羅敬之編著:《蒲松齡及其聊齋志異》, 國立編譯館主編,臺
　　北:1992 年 5 月。

陳香:《聊齋志異研究》, 臺北:國家出版社,1990 年 6 月。

唐富齡:《文言小說高峰的回歸──聊齋志異縱橫研究》,武
　　昌:武漢大學出版,1990 年 7 月,

郭玉雯:《聊齊誌異的幻夢世界》,臺北:藝文圖書公司,1985

年 7 月

葉慶炳:《談小說妖》,臺北:洪範書局,1977 年。

蒲松齡著、但明倫、王士正、呂湛恩評註:《聊齋誌異評註》,

　　　臺北:臺灣商務印書館,1962 年 2 月。

(2) 期刊論文

楊秀雲、楊萍:〈《聊齋志異》中狐意象的獨特意蘊〉,長春:

　　　《長春師範學院學報》,28 卷 2 期,2009 年 3 月。

張火慶:〈聊齊誌異的靈異與愛情〉,臺北:《中外文學》,1980

　　　年 10 月。

葉慶炳:〈古典小說中的狐狸精〉,臺北:《中外文學》,1977

　　　年 7 月。

Kenneth　J　DeWoskin 著、賴瑞和譯:〈六朝志怪與小說的

　　　誕生〉,臺北:《中外文學》,第 9 卷 3 期,1970 年 8 月。

第六章　秋瑾詩詞情調
——心比男兒烈之英雄性格

一、前言

　　秋瑾是眾多婦運先驅中，最早擺脫性別角色限制和受後世肯定的一位女革命家。在她的事蹟和著作中，不難發現秋瑾的女性主義思想主要根源於她個人生活的體驗，以及對社會現象的觀察，秋瑾執著於「拯救女同胞」和「提倡男女平等」兩個要點，她對傳統文化中「人」的價值和俠義精神極為認同。

　　本文試圖從秋瑾的詩詞文學創作窺其成長過程與交友狀態，並就秋瑾所致力的婦女運動和排滿革命運動分析其生命情調，以給予秋瑾一生的革命貢獻及其影響作出確切定位。

　　秋瑾，一個近代中國女性革命頗具意義的標誌性人物；身處近代中國的一個革命時代，革命造就了秋瑾，秋瑾引導著革命。秋瑾不單是一位充分運用文字力量的婦運宣傳家，也是身體力行的實踐者，她擁有實踐的生命情調，徐錫麟曾

以「熱心熱力真情」[1]形容秋瑾的生命力。秋瑾能將生平所閱讀的知識，思考之後化為親身經驗，發揮中山思想所蘊含的「知行合一」，創造出豐富的生命內涵。

辛亥革命前，中國婦女在這個運動中已開始貢獻力量，這種改變有了開端以後，逐漸形成一股潮流，站在潮流尖端的秋瑾，以救國救民為己任，將婦女運動與排滿革命運動結合在一起。秋瑾的女兒秋燦芝形容她的母親為「未聞有女俠任革命之事業者。有之，自鑑湖女俠始。」[2]道出秋瑾在清末之重要地位與影響。

在早期的中國婦運先驅者之中，秋瑾最受矚目，也最具有代表性，細觀秋瑾意識思想形成的原因與時代環境是互動的。她的革命家形象是通過多種歷史因素的機緣際會而建構起來的。在所有建構秋瑾革命家形象的諸多歷史因素中，最關鍵的一點是她打破女性的性別框架，亦即「女性」是秋瑾革命家形象建構的基石，秋瑾有幸適應了時代的需要，因而成為近代中國女性革命的一面旗幟：一位頗具象徵性的歷史人物。

---

[1] 李文寧編著：《近代中華婦女自序詩文選》第一輯《秋瑾》，臺北：聯經，1980 年 6 月，頁 102。

[2] 秋燦芝：《秋瑾女俠遺集》，臺北：中華書局，1958 年，頁 86。

二、秋瑾生命之轉折

　　從秋瑾(1875 年～1907 年)[3]的諸多詩詞可以看出，秋瑾從少女、少婦到獨立生活這三個階段，心境和想法都經歷極大的轉變。她一生充滿了求知慾和使命感，在少女時代，她無愁無慮，也有「最是淋鈴聞不得，謝娘減盡舊腰肢」(秋雨詩)強說愁的情懷。但對於歷史中的英雄人物一直極為認同，相信只要憑藉個人的毅力和決心，性別不致成為女性成功立業的障礙。1896 年，秋瑾遵父母命結婚，婚後有一子一女，女兒後來改名秋燦芝，幫母親編著了「秋瑾女俠遺集」。秋瑾在婚後才體會到角色衝突，1900 年隨丈夫到北京，更因傷痛國勢和個人身世而產生蛻變。在這段極端苦悶焦灼的時期，秋瑾為了尋找思想的出路，結交志同道合的友人，汲汲於閱讀新書新報，並遍訪學界名人，交友方面，在北京時認識了吳芝瑛，影響了秋瑾的革命思想。

　　1904 年 5 月，秋瑾在寓居北京期間，受到新思想的影響，這時候秋瑾毅然衝破封建禮教和家庭束縛，自籌旅費到日本留學。發起組織「共愛會」，這是近代中國婦女，最先成立的愛國團體，提出了婦女解放的重大問題，在中國婦女解放運動史上有著重要地位。1904 年 7 月，她在東京創辦《白話報》，鼓吹推翻清政府，提倡男女平權。1904 年底，秋瑾回國在上

---

[3] 周宗盛：《中國才女》，臺北：水牛出版社，1982 年，頁 307。

海愛國女學校認識光復會會長蔡元培,從上海回紹興後,見到徐錫麟,由徐介紹加入光復會。

1905 年春,秋瑾又去日本,經黃興介紹見到孫中山,交換了對革命運動的看法,並把自己的名字改為「競雄」,竟思是要與男子比英雄氣概,決心推翻清政府不惜犧牲一切。在日本留學期間,秋瑾已經是一個很有聲譽的革命活動家。

1906 年 3 月,秋瑾由日本回國進行革命活動,在吳興的潯溪女校任教,與校長徐自華結成知己,曾寫《贈小淑迭韻》詩一首,在這首詩中,秋瑾用了「中山瓊樹長新芽,繡榻初停徐月華」的佳句,以「中山瓊樹」比喻中山所領導的同盟,把吸收新會員看作是「長新芽」,充分反映了秋瑾對孫中山的熱愛和尊敬,也表達了秋瑾對孫中山革命前途充滿信心。1906 年秋瑾在上海辦《中國女報》。1906 年 12 月,秋瑾以同盟會名義預備在皖、浙發動起義,開始與徐錫麟密謀,約定兩人在浙、皖分頭活動。

1907 年 1 月,徐錫麟與秋瑾約定,擬定在皖、浙兩地定期舉事。徐錫麟去安慶,秋瑾被舉為大通學堂督辦,四月初,徐錫麟與秋瑾相約起義,日期原定七月六日,後改為七月一九日,幾次更改日期,密謀洩漏。[4] 當時,紹興知府貴福已得到胡道南告密。徐錫麟於七月六日仍然倉卒起事,刺殺安徽巡撫恩銘,徐因此被捕殉難。秋瑾在七月十日得知徐錫麟被害消息,七月十四日秋瑾得到消息官兵將來圍捕,有人勸她

---

[4] 另一種說法是原定農曆五月二十八號起義,後來改為二十六日。不論日期為何可確定的是時間經過更改。此說見沈雨梧:〈鑑湖女俠秋瑾與孫中山〉,《國立國父紀念館館刊》第九期,2002 年 5 月,頁 72。

逃避，秋瑾則決心殉難，秋瑾認為中國婦女還沒有為革命流過血，請從我秋瑾開始吧！她拒絕走避選擇從容就義，時年僅三十三歲。留下「秋風秋雨愁煞人」，也留下「雖死猶生，犧牲盡我責任；即此永別，風潮取彼頭顱」的感慨。[5]1908年初，秋瑾生前好友徐自華、吳芝瑛等人，將秋瑾的靈柩安葬在杭州西湖西泠橋畔，並在風林寺開追悼會。稍後，徐自華又與南社詩人陳去病等人密結「秋社」，以號召海內。1912年12月8日，孫中山祭弔秋瑾烈士後於「秋心樓」，揮毫為秋瑾烈士題寫了：「鑑湖女俠千古，巾幗英雄」。

　　由此觀之，秋瑾的革命事業是從家庭開始的，由於婚姻的刺激促成秋瑾追求獨立與自由。婚姻的不幸是秋瑾生命的第一次轉折；在北京認識吳芝瑛、徐自華及其妹徐月華〈小淑〉這三位知己是生命與思想的第二次轉折；從1904年到1906年三年歲月中，是秋瑾生命中最璀璨也最重要的轉折。秋瑾在婦女運動方面的努力，雖然只是波濤洶湧的革命浪潮中的一個波浪，只是孫中山領導革命運動的一支力量；但秋瑾在短短三年間的革命，成就即使難以估計，其努力則頗為可觀。因此孫中山先生在辛亥革命成功後，曾多次表彰秋瑾的革命事跡。

5 李文寧編著：《近代中華婦女自序詩文選》第一輯《秋瑾》，頁146。

三、詩詞中歷史人物之投影

與英勇豪俠的性格相呼應，秋瑾詩詞的藝術風格剛健遒逸、雄渾豪放，具有濃郁的浪漫主義色彩。她的許多浪漫主義詩篇，簡直很難令人想像是出於舊時代女子的手筆。內容的激昂，氣勢的宏壯，風格的雄渾，令鬚眉也為之低首。這類詩篇的特點可以概括為驚心動魄、洶湧澎湃。以她的一首〈對酒〉短詩為例：

不惜千金買寶刀，貂裘換酒也堪豪。一腔熱血勤珍重，灑去猶能化碧濤。

千金買馬、貂裘換酒，自古傳為美談，李白就有「五花馬，千金裘，呼兒將出換美酒」的名句。秋瑾將千金買馬變成千金買寶刀，更突出了抒情主人公英武豪爽的性格，同時也賦予它革命的內容。千金買刀，仗以報國，獻身革命，以鮮血喚醒同胞。詩雖只有短短四句，然而拔劍起舞、叱咤風雲的英雄形象已躍然紙上。

觀秋瑾詩詞中這種浪漫主義的藝術風格與詩人革命的英雄主義有關。所謂「器大者聲必宏，志高者意必遠」(范開《稼軒詞序》)。讀秋瑾的詩詞，可以鮮明地感到一種奮發飛揚、充滿愛國思想和戰鬥激情的英雄主義洋溢於字裡行間。

　　英雄，可說是秋瑾詩詞中最明顯的主題。據劉邵〈人物志〉言：「夫草之精秀者為英，獸之特群者為雄；故人之文武茂異，取名於此。是故，聰明秀出，謂之英；膽力過人，謂之雄。此其大體之別名也。」且看秋瑾如何看待英雄一詞，她的〈日人石井君索和即用原韻〉：

漫云女子不英雄，萬里乘風獨向東。詩思一帆海空闊，夢魂三島月玲瓏。銅駝已陷悲回首，汗馬終慚未有功。如許傷心家國恨，那堪客裡度春風？

　　詩人把蘊藏在胸中的豪氣一吐後出，如飛流直下，沖開了閘門，一瀉千里。在這首詩裡，我們悔到了一位女志士只身萬里、東渡扶桑的英雄氣慨，以及她對祖國的熱切關注。又如下列：

吾儕得此添生色，始信英雄亦有雌。(〈題芝龕記八章〉)
文明種子已萌芽，好振精神愛歲華。奴隸心腸男子憤，英雄資格女兒奢。(〈憤時疊前韻〉)
肯因乞米向胡奴，誰識英雄困道途？(〈劍歌〉)
熱腸古道宜多毀，英雄末路徒爾爾。(〈贈女弟子徐小淑和韻〉)
愧無秦腎英雄骨，有負陽春絕妙辭。……休言女子非英物，夜夜龍泉壁上鳴！(〈鷓鴣天〉)

　　清楚的看出秋瑾以英雄角色思考女性角色，這點明顯地反映在她自取的別號「競雄」和她喜愛選擇男裝。在就義前一年多之內，她與摯友徐自華女士私下的笑謔中，也儼然將余自華視為意中人，不避諱親暱的舉動和笑語。詩詞中她認同的對象是歷史中的女英雄，秋瑾不僅開始在服裝上、同時也在作品中反抗女性角色，如〈偶有所感用魚玄機步光威裒三女子韻〉一詩：「道韞清芬憐作女，木蘭豪俠未終男。」慨嘆才高如謝道韞，豪俠如花木蘭的女性，也終究受到性別角色的局限，而難以充分發揮長才。

　　再觀秋瑾〈滿江紅〉下半闋云：

身不得，男兒列，心卻比，男兒烈；願平生肝膽，因人常熱。俗子胸襟誰識我，英雄末路當磨折。莽紅塵，何處覓知音，青衫濕！

　　詞中秋瑾表達了她恨不得男兒身的遺憾，同時願意以英雄為生命目標，更期待有知音能賞識自己的胸襟。

　　因此陳素真以「性別、變裝與英雄夢」來看秋瑾詩詞中的自我表述。[6]「性別意識」是秋瑾在自我主題建構中，非常特殊的生命氣質。變裝是女性「重新擁有自己的身體」的宣誓與象徵。明末清初，性別模糊的社會風尚，使得兩性之間，性別角色置換頻仍。女性變裝的傳統與想像，起於六朝時代

---

[6] 陳素真：〈性別、變裝與英雄夢——從明清女詩人的寫作傳統看秋瑾詩詞中的自我表述〉，《東海中文學報》第 14 期，2002 年 7 月，頁 129。

父從軍的花木蘭。所以秋瑾有「莫重男兒薄女兒，平臺詩句賜峨嵋。吾儕得此添生色，始信英雄亦有雌。肉食朝臣盡素餐，精忠報國賴紅顏。壯哉其女談軍事，始信英雄亦有雌」（〈題芝龕記八章〉）的句子。對於歷史人物花木蘭、魚玄機、梁紅玉等豪放自主的女性，秋瑾極為欣賞「當年紅玉真英杰，破虜親將戰鼓摧。」（〈憤時疊前韻〉）、「麗句天生謝道韞，史才人目漢班姬。」（〈贈女弟子徐小淑和韵〉）。

　　吾人以為，秋瑾的「英雄夢」並非虛無飄渺之夢，而是以歷史英雄為涵養，根植自己的現實生命，開出真切的夢想花朵。據陳喬楚注釋〈人物志〉的英雄定義時，云：「英，指最好的文才，雄，指最好的武才。」意思為：英才可以為相，雄才可以為將。如果兼具英才與雄才，就可能成為領袖的人才。但是，僅有英才，而缺乏膽勇，就不敢實踐夢想，；僅有雄才，而缺乏智慧，就不足以成就大事。倘若同時具有英才和雄才，而英才成分比較少，就難以領導文官；而雄才成分比較少，就不易統御武官。所以，必須英才和雄才的成分相當，才可以統領文、武官員，才能夠成就偉大的事業。在明清閨秀詩人的變裝與想像中，女性無論多麼才高識遠、慷慨正義，畢竟夢幻一場，終究不待於清末，由閨秀詩人蛻變為革命英雄的秋瑾，來實踐、完成。如秋瑾在〈感事〉詩中所言：「儒士思投筆，閨人欲負戈。」將閨人賦予豪情壯志。

　　馬一浮曾說：「古之所以為詩者，約有四端：一曰慕儔侶，二曰憂天下，三約觀無常，四曰樂自然。詩人之志，四

者攝之略盡。」[7]早期秋瑾的詩詞並未脫離歷來閨秀詩媛的生活經驗，所以詩詞有「慕儔侶」的閒愁主題。1904 年，秋瑾赴日留學，志業愈堅；飲酒縱談、舞刀拔劍，愈加慷慨，一系列的「寶刀」詩詞看出秋瑾已然自我覺醒，如〈寶劍詩〉：

> 寶劍復寶劍，羞將報私憾。斬取奸人頭，寫入英雄傳。

這份革命美學的潛在源頭，英雄與寶刀系列的詩詞，是後人閱讀「秋瑾」所不能不思考的課題。秋瑾的詩歌多自抒胸臆，不假雕飾，這一書寫特點與其坦率、熱誠的性格有關。惟其坦率熱誠，故反對偽飾、虛妄、華而不實；惟其坦率熱誠，故尚質樸，重本色。她曾有詩云：「國色由來夸素面，佳人原不藉濃妝。」(〈白蓮〉)這雖是詠花之作，但表露了秋瑾的美學觀點：喜愛素雅、質樸；反對偽飾、雕琢。

秋瑾的詩歌雖然稱不上篇篇都是佳作，但她的文學創作情感真摯、熱烈，意象神奇，風格雄渾、豪放，在中國女性文學史上是具有獨創意義的，它表現了女性意識的覺醒，也代表了女性文學的光輝。

從詩詞中也可看出秋瑾之疑惑，秋瑾對所仰慕的愛國詩人屈原提出了疑問，而屈原也曾寫下天問詩的疑問，秋瑾在

---

[7] 劉煒：〈以詩說法：馬一浮的詩歌創作取向學〉，《鵝湖月刊》，2008 年 1 月 391 期，頁 33。

寫〈弔屈原詩〉時，詩中提出「君何喜諂佞？忠直反遭忤」和「太息屈子原，胡不生於魯？」的疑惑，面對衰敗的時局，秋瑾哀痛那些忠而被謗的賢臣，對屈原的弔唁，也就是對現實的批判。在〈寄季芝〉詩中云：

為問粵東吳季子，千金一諾等行人。

秋瑾對男女之情的需求並不強烈，秋瑾倒常感嘆找不到知己，期待被了解被賞識，曾為自己提出兩處疑問，一問「俗子胸襟誰識我？」二問「莽紅塵何處覓知音？」又如〈咏琴志感〉詩中言：「世俗惟趨利，人誰是賞音。若無子期耳，總負伯牙心」，在〈劍歌〉詩中「走遍天涯知者稀，手持長劍為知己。」詩中抒發了詩人懷才不遇之感，讓人深深感受到她對社會具有強烈的責任心。

秋雨、秋聲、秋風是秋瑾詩歌當中經常出現的意象，除〈秋雨〉外，還有〈秋聲〉、〈秋風曲〉等詩篇。「秋風起兮百草黃，秋風之性勁且剛」（〈秋風曲〉），另外在〈秋日獨坐〉詩中，秋瑾以「室因地僻知音少，人到無聊感慨多。」抒發了秋日獨坐中的寂寞心情。其次，如〈梧葉〉、〈秋雁〉等等，亦為其咏秋之作。綜觀之，秋瑾詩詞風格偏向悲愴淒涼，秋瑾〈絕命詞〉中「秋風秋雨愁煞人」，可謂將秋的旋律隨著生命戛然而止。

秋瑾異於一般女人纖柔與穠麗，她以清雅和悲愴豎立自己的生命風格。詩詞風格也不似有名詞人如朱淑真、如李清

照之柔媚婉約，其偏向「雄偉超拔」，有如岳飛有如辛棄疾。這與秋瑾自幼即仰慕歷史上的英雄人物，傳統的豪俠思想深植在她腦海有關，因此在言行上，秋瑾的表現與中國傳統閨秀千金有極大的差異。

四、生命實踐之體驗價值

秋瑾積極進行喚醒婦女的工作。她籌劃創辦不單是《中國女報》，秋瑾一面做宣傳工作，一面更準備籌劃軍事起義。1907 年初，秋瑾被聘請主持大通學堂。接事後，她設立了一個體育會，希望招收女生，給她們軍事訓練，編成女國民軍，由她自己任教練。但是，沒有女生來應考，而且地方紳士和學界都反對她的計畫，足見秋瑾開風氣之先。

秋瑾主張民族革命和女權運動同時併進。1904 年秋天，她在東京創辦《白話報》月刊，鼓吹推翻滿清、男女平權、女子教育，反對纏足。她非常注重革命宣傳工作，提倡練習演說，應用白話文；她的毅力是驚人的。在潯溪女學教書的時候，徐自華的妹妹蘊華(自小淑，又名徐雙韻)是這學校的學生。因為秋瑾的影響，徐小淑後來參加了同盟會和光復會，在〈贈女弟子徐小淑和韵〉詩中：「素箋一幅忽相遺，字字簪花見俊姿……我欲期君為女傑，莫拋心力苦吟詩。」

在秋瑾的教導下，徐小淑頗具革命思想。這首詩以「字字簪花見俊姿」形容徐小淑的才華，但是文才並非秋瑾所期

盼，秋瑾期望小淑成為拯救國家的「女傑」。秋瑾離開潯溪，徐小淑轉到上海愛國女校肄業，同時幫助秋瑾校對《中國女報》，在那個寸寸絲綢盡裹腳的時代，她以「我欲期君為女傑，莫拋心力苦吟詩」勉勵小淑這位學生。

　　秋瑾把女子的自救與救國看成一體之兩面：自救方能救國，國存而後己立。救國也是女子自救的必要手段。然而自立有兩個先決條件，一是求學問，謀一技之長；一是團結互動，所以秋瑾不只為文鼓吹女子教育，也屢次以行動來完成這個目標。秋瑾認為纏足是束縛婦女的枷鎖，奴役婦女的工具，她是女子求自立的大障礙，婦女疾病的根源。她相信欲興女學，振女權，必自放足始，才能喚起女性的靈魂。所謂「可憐一幅鮫綃帕，半是血痕半淚痕。」放足之後，運動量增加，行動自如，身體強壯，無求於男子，因而她正確地預測，在文明社會裏，小腳終必受到唾棄和輕視。並組「共愛會」，目的還是在協助女同胞「脫男子之範圍」，使女同胞合群、求學，而得以自立。秋瑾不但主張男女平等，同性之間她也認為「人無貴賤」。在〈精衛石〉的主角黃鞠瑞便以平等地位對待丫環秀蓉，並且誓言自己獲得自由後，將就她出「奴坑」和「結為姐妹相切磋。」在秋瑾其他文章中，也一再稱呼讀者為女「女同胞」或「姐妹」。她認為日本之所以強，即因「女學之興」，這是她希望國家急起直追的。

　　由此觀之，秋瑾不只是一位婦運宣傳家，同時也是實踐者，秋瑾站在女性的立場來反抗和破除男性中心社會施於女性身體上、精神上、行動上的層層束縛，是相當徹底的。秋

瑾以參與革命運動，辦報紙，寫文論、或詩詞文學來實踐她的革命思想，如：「勸吾儕今日，各宜努力。振拔須思安種類，繁華莫但誇衣袂。算弓鞋三寸太無為，宜改革。」(〈滿江紅〉)秋瑾簡明扼要地勾畫出她的愛國和女權思想。

民前七年，國父在日本組織中國同盟會。由於秋瑾在日頗為活躍，長於辭令，中國同學集會時，常登臺演說，慷慨陳辭，聞者動容，國父遂派馮懋龍邀秋瑾入會，為留學生中最先加入同盟會的一批。秋瑾深信女子要圖自立，還要有強健的體格，她因此返家鄉紹興，主持明道女學，籌辦體育學校。徐錫麟正在紹興主持大通學堂，聞悉秋瑾之擴充計畫後，有意聘請秋瑾擔任監督，磋商之協議將體育會與大通學堂合併，改西為大通體育學堂。自此秋瑾運動會黨及軍學兩界，宣揚革命，在社會上推展婦運，益為便利。

秋瑾為女權奮鬥，獻身革命，重組「共愛會」，發行《中國女報》，發起「天足會」，鼓吹婚姻自由，提倡女子教育首女子自立，實施女子體育，並籌組女國民軍，可說是清末最重要的一位婦女運動家，也是中國以婦女來領導婦女運動的第一人。秋瑾爭取男女平權的做法，在廿世紀開始時的中國是深具革命性的，她對中國婦女疾苦認識得很透澈，並努力尋求解決問題的方法，婦女運動是她努力的方向。

五、完成儒家生命抉擇

在詩詞中秋瑾以「我欲隻手援祖國」的句子表現她的豪邁氣概和激昂憤怒，她是激進的勇敢的革命家，擁有儒家「知其不可而為之的」精神，更具備勇者不懼的胸襟，選擇犧牲個人的生命以喚醒國人的沉夢，在〈寶刀歌〉中，秋瑾敘述了她對死亡的看法：

> 誓將死裏求生路，世界和平賴武裝。不觀荊軻作秦客，圖窮匕首見盈尺。殿前一擊雖不中，已奪專制魔王魄。我欲隻手援祖國，奴種流傳徧禹域，心死人人耐爾何？

秋瑾以「誓將死裏求生路」表達自己以死亡求得永生的道路，「世界和平賴武裝」則自比為荊軻認為只有武力革命才能達到世界和平。當秋瑾走上「鑑湖俠女」的革命實踐道路時，便註定與歷史中的英雄豪傑一樣，要走上死亡之路，「吾自庚子〈1900 年，26 歲〉以來，已置吾生命於不顧」這句話，[8] 成了秋謹「死亡意識」的前告，而她的詩詞中，更不時流露了強烈的悲秋愁緒與死亡相關的課題：

8　秋燦芝：《秋瑾女俠遺集》，臺北：中華書局，1958 年，頁 86

> 死生一事付鴻毛，人生到此方英傑。（〈寶劍歌〉）
> 一腔熱血勤珍重，灑去猶能化碧濤。（〈對酒〉）
> 此身拼為同胞死，壯志猶虛與願違。（〈贈徐小叔二章〉之一）

秋瑾，在滿腔英雄熱血中，與死亡意志不斷的交融共舞，「死」彷彿成了她最後的、唯一的等待與實踐。她喜歡以「秋」—她的姓氏，作為詩詞的題目與內容，「秋」本是蕭殺的季節，又是萬物凋零之徵，對革命的秋瑾來說，秋早已非季節吟詠的對象，而是她個人愁苦與國家憂思的表徵；所謂「秋風之性勁且剛」。

秋瑾的憂深具對國家的終極關懷，符合了曾子的「士不可以不弘毅，任重而道遠」；有關「死」的問題，孔子重在君子如何面對死亡，而不是在尋求對死亡真相的解答。在面臨死亡時，人不應改變其原有的操守，這是關於死的道德態度，「生」的價值並非絕對的。君子所追求的絕對價值是道德，這是超過生命價值的。秋瑾即將人的價值超越生命的道德上，擁有君子不害怕「死」的態度，所謂「君子疾沒世而名不稱焉。」〈《論語・衛靈公》〉子貢讚孔子一生言：「其生也榮，其死也哀，如之何其可及也！」〈《論語・子張》〉，人的好惡抉擇，有超過生死的，是因為選擇了「義」。道德的抉擇，使人能捨生、不避死。孔子說「殺身以成仁」；孟子說「捨生而取義」，都是以道德價值重過人的生命價值。秋瑾了解個人的肉體生命與事業發展，都有其客觀的限制，而人的道德生命，應不計成敗，盡其在我。

在秋瑾得知徐錫麟被害消息，秋瑾有時間逃避，卻選擇殉難，她拒絕走避，就儒家的精神做出生命抉擇，寫下「秋風秋雨愁煞人」之句，這七個大字凝聚了秋瑾痛惜革命失敗，為國家前途憂心的悲憤心情，慷慨就義於軒亭口下，死時年僅三十三歲。秋瑾用自己的生命，喚醒更多的群眾覺醒。她的死，把昂揚的革命激情發揮得振天動地，酣暢淋漓。她以生命逼視女性的時代苦難，她的「抉擇」意義不能以成敗論對錯，重要的是通過死亡，生命才得到提升，她在死亡面前不卑屈，以希望對付死亡，讓死亡遠離了恐懼。林徽因在〈死是安慰〉詩中提到「死的實在，一朵雲彩。」、「死只一回，它是安慰。」筆者願以這首詩來形容秋瑾的死亡。

六、奠定婦女革命典範與影響

《時報》刊載明夷女史來稿〈敬告女界同胞〉稱：

> 則秋瑾之死，為歷史上放光明者，良非淺尠。人皆謂秋女士之死，阻我女界之進步，而不知適所以振起二萬萬人之精神也。則秋瑾之死，為社會之影響者，尤非淺尠。人人可以革命，即人人可以為秋瑾，是不啻殺一秋瑾，而適以生千百秋瑾，一秋瑾易殺，而千百秋瑾難除也。[9]

---

[9] 見《時報》刊載明夷女史來稿〈敬告女界同胞〉，1907 年 8 月。

　　這段話明確的指出，秋瑾如何從傳統性別的束縛中，脫繭而出，用她的生命去衝撞兩千年來父權社會的價值觀，樹立了二十世紀的中國女性的典範。也給予「人人可以革命，即人人可以為秋瑾」的方向。

　　或許我們可以說，她以個人壯烈的犧牲，來成就她民族革命和婦女運動的目標。秋瑾所表現的女性意識的自主和對抗精神，以及對女性個人自由與尊嚴的肯定，已大大超越了一般人的依附，與不敢有違男性觀點的習性。她在批判追求個人顯達的男性價值觀之外，更隱然喚起一向在傳統中不受重視的平等、互助的姊妹愛，群策群力，自尊自重，以建立新中國的志向，則其部分女性主義思想已經超越了認同期，甚且已發展到了女性中心和兩性合作期了。

　　中山先生為鼓勵秋瑾所樹立自由自主的女性典範，和革命人士共同紀念秋瑾烈士，創設競雄女校於上海，以使她在革命和婦運方面的努力永垂不朽。國民政府亦曾明令褒揚，並宣付國史館立傳。

　　秋瑾從擺脫家庭的束縛，走上探求真理的革命道路，到為革命英勇獻身，雖然只有三年。卻留下「愛國情深意欲癡」來表達自己的癡情在於國，類此思考方式可謂女性之先鋒。若論美所產生的觀點，不但可以帶我們欣賞存在的物質形態，也可以幫助我們追求精神的需求，秋瑾了解生命的美感考察必須進入教育的問題；以及創造者相同的活動的途徑。綜觀秋瑾對於生命存在的需求，費孝通曾以「各美其美，美

人之美」[10]言時代意義和現實價值，秋瑾即於「各」字之生命情調中發揮，從女性的角色而言，是極具創造地位的，同時也開創出女性的另類生命情調。

七、結語

秋瑾自由的選擇，是運用自由而失去自由，秋瑾生對了時代，卻生錯了性別，雖然有夫有子有女，最後仍然決定為國家貢獻生命。如今，杭州西子湖畔有著全身雪白的秋瑾雕像。有如菩薩的姿態，傳遞著秋瑾當年為拯救人民的心意。敬英雄曾對寫下「獻女中豪傑」，對秋瑾表達敬仰之情：

一身戎裝，一把寶劍，顯豪俠本色；
一腔熱血，一生無畏，留革命精神。[11]

孔子曰：「三十而立」，秋瑾於三十歲之前確立生命志向，三十幾歲而逝，追求民主的旅程中，她以鮮血見證了革命的殘酷。如果能給予她更長的歲月，她將能創造更豐沛的生命內涵；她之所以成為清末婦女運動的中流砥柱絕非偶然之事。

---

[10] 費孝通：〈反思、對話、文化自覺〉，北京：《北京大學學報》，1997年，頁3。

[11] 2007年5月27日西子湖畔，網站：http://residence.ed.ucities.edu.tw/f5101231/m28.html 刊載的秋瑾紀念日。

延伸參考文獻

(1) 專書

秋燦芝：《秋瑾女俠遺集》，臺北：中華書局，1958 年。

趙天儀：《美學與言語》，臺北：三民書局，1971 年 5 月。

李文寧編著：《近代中華婦女自序詩文選》第一輯《秋瑾》，臺北：聯經，1980 年 6 月。

周宗盛：《中國才女》，臺北：水牛出版社，1982 年。

張　臻編：《中國近代愛國者的故事》，上海：上海人民出版社，1982 年 6 月。

吳芝瑛：〈記秋女俠遺事〉，收入氏著《秋瑾集》，上海：上海古籍出版社，1985 年 7 月。

鄭云山、陳德禾：《秋瑾評傳》，鄭州：河南教育出版社，1985 年 8 月。

李士芳、牛素琴：《古今著名婦女人物上冊》，河北：河北人民出版社，1985 年 12 月。

魏紹昌：〈秋瑾的藝術形象永垂不朽——從傳奇、文明戲到話劇和電影〉，收錄於郭延禮編《秋瑾研究資料》，濟南：山東教育出版社，1987 年。

夏曉虹：〈晚清人眼中的秋瑾之死〉，收錄於《晚清社會與文化》，湖北：湖北教育出版社，2001 年。

程樹德撰：《論語集釋》，北京：中華書局，1997 年。

釋慧開：《儒佛生死學與哲學論文集》，臺北：洪葉文化，2004 年。

郭　蓁：《漫云女子不英雄》，上海：上海古籍出版社，2004
　　年 7 月。

傅偉勳：《死亡的尊嚴與生命的尊嚴》，臺北：正中書局，2005
　　年 9 月。

陳喬楚注：《人物志今注今譯》，臺北：臺灣商務印書館，1992
　　年 12 月。

(2) 期刊報章論文

沈雨梧：〈鑑湖女俠秋瑾與孫中山〉，《國立國父紀念館館刊》
　　第 9 期，2002 年 5 月。

陳素真：〈性別、變裝與英雄夢——從明清女詩人的寫作傳統
　　看秋瑾詩詞中的自我表述〉，《東海中文學報》第 14 期，
　　2002 年 7 月。

賴玉樹：〈英烈千秋照汗青——讀秋瑾〈題芝龕記〉詩〉，《中
　　國語文》，2006 年 3 月。

劉煒：〈以詩說法：馬一浮的詩歌創作取向學〉，《鵝湖月刊》
　　第 391 期，2008 年 1 月。

牟宗三：〈實踐的智慧學〉，《鵝湖月刊》第 394 期，2008 年 4
　　月。

顧燕翎：〈從婦運看女性意識發展的階段性〉，臺大人口研究
　　中心婦女研究室編印：《婦女研究暑期研習會論文集》，
　　1988 年。

有一把刀／可以讓夢亮起來／有雙腳／不必纏／奔跑永遠不會

過時／路上／迎著風淋著雨／這愁煞人心啊！

（湘鳳為秋瑾賦詩，繪圖：田明玉）

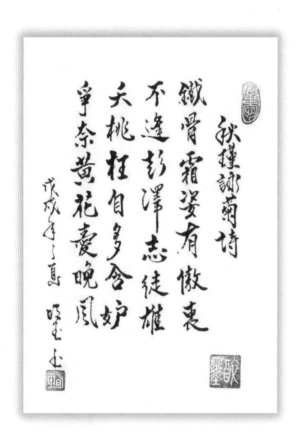

鐵骨霜枝有傲衷，不逢彭澤志徒雄。夭桃枉自多含妒，爭
奈黃花愛晚風。

（秋瑾〈詠菊詩〉，書法：田明玉）

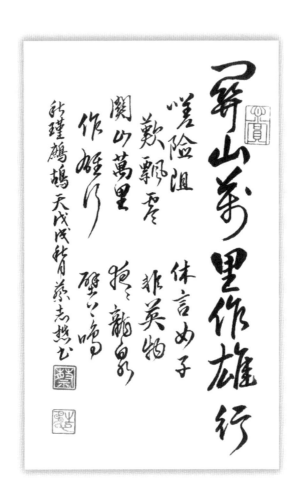

嗟險阻，嘆飄零，關山萬里作雄行。休言女子非英物，夜夜龍泉壁上鳴！

（秋瑾〈鷓鴣天〉，書法：蔡志懋）

第七章　席慕蓉
──揮灑浪漫詩性的精靈

一、前言

　　要了解席慕蓉愛情詩的浪漫情性，筆者想從詩評家蕭蕭
的評論角度著手。1977 年《鏡中鏡》的新詩評論開始，[1]到
2007 年的《現代新詩美學》，30 年來，證明了蕭蕭對新詩的
詩評下足了功夫。在一系列的詩評中，蕭蕭對席慕蓉的評價
是「情境化的浪漫主義詩精靈」，[2]點出浪漫是席慕蓉愛情詩
的特質。席慕蓉躍上新詩詩壇在 70 年代與 80 年代之間，當
時愛情持續永久的信仰已然失落，加上當時新詩流行性愛的
愛情觀點，愛情成為男性對女性肉體的想像，使得女詩人面
對如此愛情觀點相當憂心。[3]此刻的席慕蓉面臨愛情不被信仰
的痛楚，決定以經營浪漫的詩境來滿足自我愛情的想像。因

---

[1] 蕭蕭：《鏡中鏡》，臺北：幼獅，1977 年，頁 78。。

[2] 蕭蕭：《現代新詩美學》，臺北：爾雅出版社，2007 年 7 月，頁 61。

[3] 李元貞：《女性詩學》，臺北：女書文化，2007 年 11 月，頁 10。

此本文以蕭蕭的評語「浪漫詩的精靈」來談席慕蓉詩的創作特質，且從蕭蕭的創作與評語中，透視席慕蓉如何經營愛情詩和她在新詩史上的評價。

　　席慕蓉（1943～）詩集暢銷數十年，對此現象，詩評家各有不同看法，持負面價值者有渡也（1953～），曾以「有糖衣的毒藥」批評席詩只能迎合一般青少年胃口的低級趣味。[4]蕭蕭（1947～）與曾昭旭、[5]陳政彥等人則傾向發掘席詩的正面價值，都認為席詩與中國古典傳統是契合不悖的。蕭蕭更明確的指出，席慕蓉新詩中擁有古典詩歌的溫柔氣質，閒適感覺比古典詩詞更讓人覺得可親，[6]這也說出席詩暢銷的原因。對於席詩風格的呈現，蕭蕭稱席慕蓉是「情境化的浪漫主義詩精靈」，[7]又評席慕蓉為：

> 她的詩是一個獨立的世界，自生自長，自圖自詩，不知有漢，無論魏晉，是詩國一處獨立自存桃花源。[8]

　　在這段評論中，「自」字出現了五次，明白說出席慕蓉

---

[4] 渡也：《新詩補給站》，臺北：三民，1995年，頁34。對此說法，筆者以為「糖衣」是席詩甜美的事實，至於是毒藥或補藥則因人而異。

[5] 曾昭旭：〈光影寂滅處的永恆——席慕蓉在說什麼〉，《無怨的青春》〈跋〉，臺北：大地出版社，1983年，頁2。

[6] 蕭蕭：《現代詩縱橫觀》，臺北：文史哲出版社，2002年，頁246。

[7] 蕭蕭：《現代新詩美學》，臺北：爾雅出版社，2007年7月，頁61。

[8] 蕭蕭：〈綻開愛與生命的花樹〉，《現代詩縱橫觀》，臺北：文史哲出版社，2000年，頁246。

詩是表達自己的，是屬於個人化寫作中發展出來的寫作經驗，這樣的論述呼應了席慕蓉「詩，不可能是別人，只能是自己」的概念，而如此獨特的品質與獨創的風格，在新詩的長流中為一般讀者所喜愛。論其原因，筆者以為誠如蕭蕭的觀察，席慕蓉將詩視為「靈魂全部的重量」，席慕蓉是用靈魂在寫詩，所思考的是慎重的內在靈魂的出口，但她設計了絕對寬容和絕對美麗的愛情，她的愛情意識是一種對待生命的態度表述，體現出如何安頓心靈，並調節內在的生命秩序。類此絕對的愛情就是世人所期待的浪漫氣息，而席慕蓉以溫柔的心對待自己，也以溫柔的心對待他人，以如此的思維方式架構浪漫，而這種浪漫氣息，沈奇(1951～)也有相同看法，沈奇指出：

> 單純而不單調，高雅而不高傲；象清意沉，簡中求豐，人靜語素，和諧共生；「純真人性的展示」加上「繪畫與音樂的影響」，以及青春、光陰、鄉愁與夢的主題，共同構成了「席慕蓉風」的基本品質。[9]

　　這種詩的品質，也是大家所熟知的「浪漫主義」的品質。筆者認為浪漫主義是一種信仰，浪漫則是一種氛圍，本文較從氛圍的立場著手，因為浪漫的氛圍是席詩創作的特質。若如蕭蕭所言席慕蓉是浪漫精靈，那席慕蓉是具有魔法的，而

[9] 沈奇(1951-)：〈邊緣光影佈清芬──重讀席慕蓉兼評其新集《迷途詩冊》〉，收入席慕蓉：《迷途詩冊》，臺北：圓神出版社，2002年，頁159。

這魔法是如何造就的，以下筆者就蕭蕭的評語來透視席慕蓉如何書寫浪漫的愛情詩。

二、浪漫精靈的訊息傳遞

二十世紀的臺灣詩壇，在形式上充滿了大膽實驗的風潮，在字句上喜愛不受規範的嘗試，席慕蓉置身在如此多變的浪濤中，卻自在的堅持著一貫浪漫的風格，成為少數暢銷詩集的作者，而她是如何經營自己特有的浪漫的氛圍？又是如何讓自己成為具有魔法的浪漫精靈，無所不在的傳遞愛的訊息？以下就無怨的浪漫、心靈的純真畫像和你我情愛的牽連，作分析討論。

(一) 無怨的浪漫

從席慕蓉出版第一本詩集《七里香》(1981) 開始，當時是閨秀文學風盛行的末端，[10]到後來的《我折疊著我的愛》(2004)，在二十幾年的歲月裡，海峽兩岸颳起「席慕蓉旋風」，而浪漫即席慕蓉旋風的重要元素。以席慕蓉《無怨的青春》[11]來說，如果將這本詩集放在臺灣現代詩史之流裏衡量，她的出現與成功，都不應該是偶然。甚至可以說，她是現代詩裏

---

10 蔡政姿：《從性別觀點閱讀類型文學》，臺北：巨流出版社，2009 年 12 月，頁 61。

11 席慕蓉：《無怨的青春》，臺北：圓神出版社，2000 年。

最容易被發現的堂奧，只是一般詩人忽略了。[12]有些詩人忽略了情感和心境這兩件事，席慕蓉卻掌握這份詩的本質，引領讀者略窺詩之堂奧，震動讀者心中原有的詩心。蕭蕭認為席慕蓉不管現代詩人的禁忌，她書寫青春、書寫愛情，在迂迴中真摯的表現年輕的激動——這是現代詩人禁忌中的禁忌，席慕蓉彷彿不知道也不在乎這些禁忌，她以追求無憾的創作心理，寫出了讓讀者感動的愛情！這是席慕蓉的浪漫，而在浪漫裡寓實有古典文學的情愫，她的詩隨時透露著古典詩歌的婉約與溫柔氣性。

若仔細分析席慕蓉的浪漫源頭，實來自於無怨，這種無怨不只是對人，而且是面對春青歲月的。她以無怨面對愛情的虛幻不定,她以不絕望的愛處理青春歲月,如「無怨的青春」〈卷前詩〉：

> 如果你愛上了一個人，請你，請你，一定要溫柔的
> 對待他。……你才會知道，在驀然回首的剎那，沒
> 有怨恨的青春才會了無遺憾，如山崗上那輪靜靜的
> 滿月。[13]

其中「溫柔的對待」就是詩經「哀而不傷，怨而不怒」的精神所在。這是由古典文學的情愫發展來的。因為這份古

12 蕭蕭：〈青春無怨，新詩無怨〉，《現代詩學》，臺北：東大圖書公司，2006 年，頁 430。以下「情」、「韻」、「境」三段論述改寫自此文。

13 席慕蓉：《無怨的青春》，臺北：圓神出版社，2000 年，頁 17。

典文學的情愫，蕭蕭在《新詩三百首》一書中，選擇席慕蓉的詩作時，以〈在黑暗的河流上──讀「越人歌」之後〉為代表作，[14]卷前詩〈越人歌〉相傳是中國第一首譯詩，全詩席慕蓉採取以古詩呼應出自己的情感，如「燈火燦爛/是怎樣美麗的夜晚/你微笑前來緩緩指引我渡向彼岸……今夕何夕兮/中搴洲流/今夕何夕兮/得與王子同舟」，將抒情與敘事合於一爐，更借古來的傳說與詩句抒寫現代人默默以對的深情。[15]其中「燈火燦爛」的場景來自辛棄疾〈青玉案〉「眾裏尋他千百度，驀然回首，那人卻在燈火闌珊處。」以美妙的宋詞蘊含了人生況味的領悟；「今夕何夕兮」則來自《詩經》的「今夕何夕，見此良人」的情緣。蕭蕭選此詩為席詩代表，當是深解席詩之古典特質，有意將現代與古典同時交互呈現給讀者閱讀。

　　讀者不難發現，席慕蓉所有的針筆插畫，月的造形永遠是「山崗上一輪靜靜的滿月」，顯現出寧靜、安祥和圓滿的意境美，也寫下〈月光插圖〉的詩來呼應插畫；[16]至於女子與荷花的插畫姿態則是繁華中的純美，女子的背景是荷花，飛揚的髮鬢旁也是荷花。經由詩與畫的貫通，顯示出席慕蓉心中的豁然與清明，同時表現出席詩中的無怨青春。這也是將傳統詩畫合一、物我兩忘的哲學思想引伸到文學境界上的表現。對於愛情的相遇緣份，席慕蓉以輪迴的浪漫情境來詮釋，

---

[14] 蕭蕭、張默編：《新詩三百首》，臺北：九歌，1995 年 9 月，頁 563。

[15] 蕭蕭：〈青春無怨，新詩無怨〉，《現代詩學》，臺北：東大圖書公司，2006，頁 430。以下「情」、「韻」、「境」三段論述改寫自此文，頁 568。

[16] 席慕蓉：《迷途詩冊》，臺北：圓神出版社，2002 年，頁 137。

卷 7「前緣」的〈卷前詩〉，她說：「人若真能轉世，世間若真有輪迴，那麼，我愛，我們前生曾經是什麼？」她自問自答：

> 你若是那逃學的頑童，我必是你袋中掉落的彈珠，
> 在路旁草叢裏，目送你毫不知情地遠去。你若是那
> 面壁的高僧，我必是殿前的那一炷香，焚燒著，陪
> 伴你一段靜穆的時光。[17]

　　如此的一首詩蘊含了人間不同階段的情愛，在高僧與焚香之間以不同的身份或物件相遇，接續前緣以成全圓滿，在追求圓滿的過程裏，席慕蓉的詩不是膚淺的情詩，在頑童與彈珠之間充滿了童子的純真愛，如同人的成長一樣，一個階段有一個階段的面貌，過了這個階段，只能放下執念，再要往回走就是強求了。這是現代派之後的臺灣詩壇所忽略，卻是席慕蓉精心營造的浪漫情境。
　　至於詩的韻腳，席慕蓉採取開放的態度，可以自然成韻，也可以自我協韻，不一定一韻到底，對此，陳政彥論及蕭蕭指出「席慕蓉的詩充滿『情、韻、事』使得席詩變得動人而且不易落入不易理解的現代詩常被人指責的晦澀之弊。」[18]明確指出席詩之所以動人，不晦澀實為其中原因。就像《無怨的青春》的第 69 首詩，詩中有重複，也有停逗，抑揚頓挫之間，形成有聲有色的情感世界。〈惑〉詩：

17　席慕蓉：《無怨的青春》，臺北：圓神出版社，2000 年，頁 137。
18　陳政彥：〈席慕蓉現象論爭析論〉，臺北：《臺灣詩學學刊》，2006 年 5月，頁 85。

> 在愛著那不復返的青春/那一朵/還沒開過就枯萎了
> 的花/和那樣倉促的一個夏季/那一張/還沒著色就廢
> 棄了的畫/和那樣不經心的一次別離/我難道
> 是真的在愛你嗎？[19]

　　此詩之意涵，不就在重複的「難道」與「青春」與「愛」之間嗎？與詩經相似的些許變化裝置，來推展心境，因為絕大部份的音樂性都來自重複，重複可以產生音樂，重複字，重複行，重複同一個主題，[20]都可以在席詩中找到例證。又如〈禪意〉之「天這樣藍/樹這樣綠/生活原來可以/這樣的安寧和美麗」，[21]四句詩中都重複了「這樣」，朗讀起來，音樂性的押韻押於無形，對句也對的自然，沒有古典的功力，實在無法寫出如此詩句。

(二)心靈的純真畫像

　　如果情可以深似海，那情總是波濤洶湧的存在，是隨時變動的，蕭蕭寫下戀字的玄機，認為「戀字的上半部是變的開始」，[22]正是以文字學的角度分析愛情的多變性格，對愛情的多變，蕭蕭了解席慕蓉愛情詩的精神所在，蕭蕭認同席慕蓉所說的愛情是靈魂的甦醒，席慕蓉的詩則是靈魂全部的重

---

[19] 席慕蓉：〈惑〉，《無怨的青春》，頁 42-43。

[20] 顏向海：〈我彈響自己〉，臺北：《臺灣詩學季刊》，2004 年 6 月，頁 55。

[21] 席慕蓉：《席慕蓉‧世紀詩選》，臺北：爾雅出版社，2000 年，頁 28。

[22] 蕭蕭：《一行兩行情長》，臺北：漢光文化，1989 年，頁 14。

量。席慕蓉在〈邊緣光影·序言〉中說：「詩，不可能是別人，只能是自己。」「這個自己，和生活裡的角色不必一定完全相稱，然而卻絕對是靈魂絕全部的重量，是生命最逼真精確的畫像。」[23] 這段序言在她的新版《七里香》、《無怨的青春》序文〈生命因詩而甦醒〉再度被提及，[24] 可見是她重要的詩觀，也是她的愛情觀，席慕蓉強調詩是獨特的不可能是別人，只能是自己，每個人的愛情是不可複製的；詩是逼近生命與靈魂的畫像，愛情也是。至於詩中的本事是她所設計的情節，未必是她生活中實際的遭遇，這些事與心情可以發生在眾人之中的任何一位，也因此更能引起讀者廣泛的共鳴。席慕蓉以角色扮演和小說的企圖來寫詩，是屬於浪漫情境經營。「詩，不可能是別人，只能是自己。」也可以是一種謙虛的說詞，席慕蓉說：

> 這些詩一直是寫給我自己看的，也由於它們，才使我看到我自己。知道自己正處在生命中最美麗的時刻，所有繁複的花瓣正一層一層地舒開。[25]

這些詩原是忠於自己的記錄，是一份靈魂深處的表達，所以才能感動於人，為眾人所欣賞。張曉風（1941～）曾讚美席慕蓉：「她是她自己，和她的名字一樣，一條適意而流的

---

[23] 席慕蓉：〈邊緣光影·序言〉，《邊緣光影》，臺北：爾雅出版社，1999 年，頁 1。

[24] 席慕蓉：《七里香》、《無怨的青春》，頁 1。

[25] 席慕蓉：〈一條河流的夢〉，《七里香》，頁 192。

江河。」[26]認為席慕蓉擁有她自我適意而流的風格。認為詩是感覺的華美甦醒：年華會老去，軀殼會老去，但置身在變動的時光裡依舊沒有絲毫改變、並且和初春的山林中每一種生命都能歡然契合的所有感覺，卻會全然而又華美的甦醒。席慕蓉舉例說：一股從風中傳來的隱約的花香，一聲從天涯海角傳來的微弱的呼喚，從心靈深處一直到最表層的肌膚，還包括血液在血管中奔流的速度，一切的一切都會在瞬間歡然甦醒。[27]如果詩是以感覺書寫，是現代人可以共同認知與認可的，那席慕蓉是以「華美」二字「感覺」，是以華美的姿態呈現詩，而「感覺」要以「瞬間歡然甦醒」才是佳作。席慕蓉以這樣的體認，展現詩的華美。

以最初的詩集《七里香》來看，詩集中的情境都是詩人細膩經營的華美，這種美是一種不食人間煙火的美，許多夢令人不敢相信卻又期待，以〈一棵開花的樹〉為例，她將癡情女子比喻為一棵花樹，長在情人必徑的路旁，期望結一段塵緣：

> 當你走近/ 請你細聽/那顫抖的葉是我等待的熱情/
> 而當你終於無視地走過/在你身後落了一地的⋯⋯
> 是我凋零的心。[28]

---

[26] 張曉風：〈江河〉，《七里香》，頁 30。按：席慕蓉的蒙古全名是「穆倫·席連勃」，意思是「大江河」。

[27] 席慕蓉：〈初老〉(自序)，《迷途》，頁 9。

[28] 席慕蓉：〈一棵開花的樹〉，《七里香》，頁 38-39。

　　詩中的樹在席慕蓉筆下是有情慾的，樹會開花，會有落花和落葉，這些都是愛情的重要背景。值得觀察的是，「等待」在席慕蓉詩中大量出現，明顯的，「等待」是席慕蓉詩中很重要的語詞，沒有了等待，就沒有了美好的相遇，更沒有心碎的分離，就如〈夏夜的傳說〉詩所說：「愛/原來是沒有名字的/在相遇之前/等待就是它的名字」，這是席慕蓉愛情的哲學，愛情在等待中完成並結束。

　　又如〈自傳〉詩：

　　我只好用整個胸膛來作遇合的海洋/等待著/刺痛而
　　又緩慢的侵蝕/等待著/將一切記錄成昨日。

　　將自己的整個胸膛比喻成與墾丁遇合的海洋，身體不可逃避的正接受刺痛而又緩慢的侵蝕，侵蝕本身就是時間的記錄，「一切記錄成昨日」，道出時間的推移，到最後，每個人都只能想念自己，只能以物我合一的身體美學敘述自己。在〈素描時光〉詩中也提到等待：「在等待中/歲月順流而來/君臨一切」，又〈苦果〉詩：

　　我的心在波濤之間遊走/在等待與回顧之間遊走/在
　　天堂與地獄之間……因你而生的一切苦果/我都要
　　親嚐。

　　所有的等待，可以是甜美，可以是苦澀，可以是生命中

的桎梏與超越，都會記錄成昨日，都會成為席慕蓉詩集的邀約；更是席慕蓉詩的療癒重點，〈苦果〉詩接著說：「生命原是要/不斷地受傷和不斷地復原/世界仍然是一個/在溫柔地等待著我成熟的果園」。這與蕭蕭所寫：「不完整的愛，往往銘心刻骨，雕入生命內裡」[29]，有相同的愛情思考，同時也是兩人的生命最逼真的自畫像。

(三)你我情愛的牽連

欲探索女詩人在作品中的自我世界，就必須考察作品中第一人稱「我」的敘事方式，基本上抒情詩是詩人的自我表演，詩作中以第一人稱「我」來敘事，更易流露詩人作品中的自我觀。就席慕蓉的詩作書寫而言，蕭蕭認為她的詩是生命意涵的牽連，所以在《新詩三百首》一書中，蕭蕭選席慕蓉詩以〈一棵開花的樹〉入選[30]，因為「如何讓你遇見我/在我最美麗的時刻」，這是每個人的愛情願望，筆者以為席慕蓉的詩也是你我之間的生命情愛牽連，而情愛之間「不可見」的抽象牽連顯然要多於「可見」的具體牽連，也就是「夢幻」要多於「紀實」。[31]在詩中，席慕蓉的自我建構是靠愛情的想

---

[29] 蕭蕭、張默編：《新詩三百首》，頁 563。

[30] 蕭蕭、張默編：《新詩三百首》，頁 562。

[31] 傅柯(Michel Foucault，1962-1984)曾說：對波特(Ch.Baudel-aire,1821-1867)而言，現代 人不是發他的自 我、他的神祕、隱藏的真理，而是要去發明他的自我、創造自我。這段引言就是反對「自我」是一種本質論，主張「自我」是一種建構論，傅柯主張自我是個人建構出來的，而且不斷地在建構，而不是存在於個人內在的一種不不是存在於個人內在的一種不變的本質、有待個人去發現、去認知。黃瑞祺：〈自我修養與自我創新〉，《後學新論》，臺北：左岸文化，2003 年，頁 27。

像來發現與認知的，而席慕蓉所建構的「自我」是「夢幻」多於「紀實」，「建構」多於「本質」，其中無法否認有著許多「不可見」的意涵牽連。如〈秘密〉：

> 這麼多年都已經過去了/縱使我的靈魂早已洞悉一切/為什麼/你給我的這份試卷/對我的筆/卻還是秘密/……一生的揮霍啊/在最後/只能示之以/無關的詩。[32]

這首詩寫到「我的靈魂早已洞悉一切」，而「你給我的這份試卷」，「對我的筆/卻還是秘密」，以靈魂、以試卷、以筆，談你我之間的牽連。又如〈短詩〉：

> 我如何捨得與你重逢/當只有在你心中仍藏著的我的青春/還正如水般澄澈　山般蔥籠。[33]

重逢往往真實出現在對過去朦朧經驗的明白省思之中，然則重逢的驚喜，握在自己主動的手中，如人飲水，冷暖自知，雖與對方有所牽連，卻已是消逝的青春，只有對方的記憶可以描繪。其中有往日虛幻的青春，也有今日紀實的歲月。在席慕蓉詩中所讀到的真實而純美的意境，又那裏只是夢幻之哀情而已？但將意境的營造看作是實事的描寫，又

---

[32] 席慕蓉：〈秘密〉，《我折疊著我的愛》，頁 58-59。

[33] 席慕蓉：《世紀詩選》，臺北：爾雅出版社，2000 年，頁 28。

不免誤解了席慕蓉，席慕蓉的想像經驗是可能發生在你我之間的生命經驗。

　　你我之間可以是愛情中的男女，可以是詩人和讀者，也可以是蕭蕭（詩評家）和席慕蓉（詩人），更可以是自己和自己的過去或未來，而席慕蓉是以何種意象建構你我之間的愛情或愛情觀？從席慕蓉的心靈想像層面是否能看到女性開發自主的軌跡？論及意象的構成，其實可以看到女性內在所期待的突破與現實缺憾的轉移傾向。由上節所述，「等待」是席慕蓉愛情敘事中很重要的意象構成，除此，筆者整理出「十六歲」、「明月」和「夏日」三種意象，這三種意象是席慕蓉詩集中，你我之間的重要意象牽連。十六歲正是高一的年紀，這一年對席慕蓉而言，是重要的青春記憶所在，在〈如歌的行板〉中：

> 一定有些什麼/在葉落之後/是我必須放棄的/是十六歲時的那本日記/還是/我藏了一生的/那些美麗如山百合般的/秘密。

　　那是個寫日記的年代，席慕蓉將生活寫在日記上，日記的心情難道必須放棄？即使放棄日記，難道就可以放棄美麗的秘密？多深刻的十六歲。〈備戰人生〉：

> 如薔薇如玫瑰如梔子花的芳鬱美麗/都要無限量的供應給十六歲的少女。

　　花的意象經營，在席詩中佔有極大的篇幅，席慕蓉對於自然與女性的議題，並不採取振臂疾呼的姿態，她只是以繁花濃情，傳達她對愛情的看法。如薔薇可以有受人呵護的引申；花香濃鬱的栀子花，則可以抒發青春記憶和愛情心緒。[34]此詩以薔薇以玫瑰以栀子花，三種花來形容十六歲少女的美好，這些花都有誘人的花香。若以赫茲（Rachel Herz, 1963-）的《氣味之謎：主宰人類現在與未來生存的神奇感官》來詮釋席詩的花朵，[35]可以知曉花朵的嗅覺記憶是詩中女性愛情的靈魂，此刻嗅覺不純然具備功利或實用意義，而是升華為一種普遍相通的審美概念。[36]

　　月亮是在夜晚是溫馨的象徵，她影響了潮汐，也影響了人的情緒；她是可以透露內心訊息的，是可以聊心底話的。月亮成了心靈想像層面的重要取材，藉著月亮，席慕蓉的空間是流轉的，象徵女性自我控制之外的抒解空間，是席慕蓉心境轉化的空間。席慕蓉利用明月給讀者一片清淨心，如此讓詩有了「濃密密香噴噴的禪意」。[37]如〈最後的藉口〉：

月圓的晚上／一切的錯誤都應該／被原諒／包括／重提

---

[34] 林明德：《臺灣新詩研究——中生代詩家論》中收錄李癸雲〈窗內、花香襲人——論席慕蓉詩中花的意象〉，臺北：五南，2007 年，頁 25。

[35] 赫茲（Rachel Herz, 1963-），《氣味之謎：主宰人類現在與未來生存的神奇感官》（*The Scent of Desire: Discovering Our Enigmatic Sense of Smell*），李曉筠（1978-）譯，臺北：方言文化出版事業有限公司，2009 年）。

[36] 張皓（1964-）：《中國美學範疇與傳統文化》，武漢：湖北教育出版社，1996 年，頁 283-98。

[37] 王鼎鈞：〈由繁花說起〉，席慕蓉《世紀詩選》，頁 9。

和追悔/包括/寫詩與流淚。

為何月圓的晚上一切的錯誤應該被原諒？因為月圓象徵圓滿與美好，為了圓滿與美好，詩人告訴我們學會原諒。

夏日是季節中最熱情的時刻，綠意盎然代表青春的顛峰，過後即如落葉凋零。席慕蓉當然知道夏日不能重回，年華不會再如玉，卻以如果的疑問語法尋問夏日，期待再一次的相見，道出留在心中的相見才是永恆的。又如〈青春之一〉：

所有的結局都已寫好/所有的淚水也都已啟程/卻忽然忘了是怎樣的一個開始/在那個古老的不再回來的夏日。

兩詩中的夏日，指的是都青春歲月。那些茂盛的熱情會轉為秋天的微寒，夏日的結局無人不知，可是夏日在何時開始，總是忘了，呼應出青春又是何時開始？何時結束？在席詩中也有蟬鳴的夏日，如〈邊緣光影〉：

原來人生只合虛度/譬如盛夏瘋狂的蟬鳴/ 譬如花開花謝 /譬如無人的曠野間那一輪皓月。[38]

由以上的分析，筆者認為就席慕蓉而言，沒有了十六歲，就沒有了青春的記憶；沒有了夏日，就沒有了焚燒的熱

---

[38] 席慕蓉：《世紀詩選》，頁 126。

情；沒有了等待，就沒有了美好的相遇，當然也沒有心碎的分離。由這些意象，看得出席慕蓉在情慾的議題上是古典而浪漫的，她較像印度的泰戈爾詩人，情慾的書寫可以歌詠、可以抒情、可以調侃。席慕蓉採取欣賞角度，但她自己的情慾是含蓄優雅的，她以柔情無怨的態度思索愛情的剖白，在情感的記憶中，席慕蓉創造了一個自在場域，那裡有不安，也有安全；那裡有熱烈的情感，也有煙消雲散後的自由；席慕蓉將女性纖細、多變之情思蘊含詩中。席慕蓉像情愛的療癒詩人，如果在情愛中絕望的人，讀她的詩也許可以拯救自己，可以讓心境適度轉化。

三、蕭蕭與席慕蓉之交疊互涉

從文學場域的角度而言，沒有理由不同時解析女作家與男作家互動所組成的詩壇，及詩學理論所勾勒出的女性書寫，這就是蕭蕭所認為的「交疊」。蕭蕭認為「交疊」可以是兩條平行線的存在現象，他們可以不相干預，你走你的陽關道，我過我的獨木橋，就如兩位詩人之間生平事蹟既無糾葛，寫作風格亦無有交集；或如兩件事詩壇風潮杳不相涉。在男詩人與女詩人的交疊上，蕭蕭舉出有著浪漫主義傾向的紀弦與席慕蓉，他們之間的關係頗似這種不相關涉的平行線，當紀弦風起雲湧，宣告現代派誕生之時，席慕蓉還在詩詞的館閣裡吟賞；當席慕蓉的詩集暢銷全臺時，紀弦已經遠遁舊金

山；紀弦的詩曾在酒瓶之中揮發，席慕蓉的詩則在荷花、荷葉間揮灑。但是，真的毫無交集嗎?紀弦的蘇州美傳背景，不就呼應著席慕蓉的繪畫專業?然而，這就是交集嗎?紀弦的〈吠月之犬〉[39]，如何與席慕蓉的大幅荷花相類比?這其間顯現了浪漫主義傾向的兩種不同風格的交疊效應，當然更凸顯象徵主義與浪漫主義交疊所形成的臺灣新詩特色。

蕭蕭認為的「交疊」，筆者以為與「互涉」互為表裡，互涉是彼此有形或無形的影響，蕭蕭雖論及紀弦與席慕蓉的無形互涉，但蕭蕭並未論及自己與席慕蓉之互涉，兩人之間其實有著影響式的交集。克莉絲蒂娃（Julia Kristeva）有「跳脫文本自身的藩籬，並將它安置到一個較寬廣的背景」[40]的立意，將閱讀變成意義上的跨時存在，就是讓讀者能讓單一文本成為眾多其他文本可以複雜交互的遊戲場[41]。蕭蕭所指的「交疊」是指詩人彼此沒有交集，詩作也互相沒有相關性，但是卻呈現出同樣的特質，例如紀弦與席慕蓉同樣具有浪漫主義的性格，這是臺灣詩壇上的特殊情況。不同於克莉絲蒂娃（Julia Kristeva）所說的「互涉」，是指文本可能是以諧仿、呼應、暗喻、引用等等方式牽涉到另一個文本。但評論者從讀者出發，將發現任何一個文本都可以牽涉到無數的其他文

---

[39] 紀弦：〈吠月的犬〉，《摘星的少年》，臺北：現代詩社，1963 年，頁 93。

[40] 茱莉亞·克莉斯蒂娃（Julia Kristeva），《思考之危境：克莉斯蒂娃訪談錄》（*Au Risque de la Pensée*），納瓦蘿（Marie-Christine Navarro）訪談，吳錫德譯，臺北：麥田，2005 年，頁 143。

[41] 蒂費納·薩莫瓦約著，邵煒譯：《互文性研究》，天津：天津人民出版社，2002 年，頁 86-88。

本，評論者便需對所相聯的文本作有意義的詮釋，這也是作者或讀者與評論家的互涉作用[42]。因此極需探究的是，蕭蕭為席慕蓉寫詩評的同時，是否也與自己的詩作有了互涉之處？而蕭蕭的詩評是否也影響了席慕蓉詩壇的地位？

(一) 詩作情性之互涉

回顧 60 年代臺灣的現代詩，當時詩人無不追求「意象繁富」為尚，大家競相堆砌紛雜的字句，這種現象與蕭蕭所崇尚的素樸與純淨空靈之詩，大相徑庭，在蕭蕭一面欣賞席慕蓉是「獨立自存桃花源」時，一面也苦思如何去對抗這種繽紛現象，還給詩一張素淨的臉？[43]今觀蕭蕭詩作，如〈心境〉：

> 我潛入你夢中/畫了一隻弓/將自己搭在弦上/射向蒼穹無盡深邃處/就為了聽一聲/風碎裂的正統聲音。[44]

所謂「正統聲音」就是蕭蕭欣賞席慕蓉詩之古典浪漫之處，而這種寫詩的心境與席慕蓉所謂〈詩的價值〉是一樣堅持無悔的；再看蕭蕭另外的詩，〈河邊那棵樹〉：

> 河邊那棵樹/對飛鳥說：/為我帶一封信吧/信裡的一

---

[42] 羅婷（1964-）：《克里斯多娃》，臺北：生智文化，2002 年，頁 141。

[43] 蕭蕭：《緣無緣詩集》之張默〈垂古釣今話蕭蕭——序緣無緣詩集及其它〉，臺北：爾雅出版社，1996 年 3 月，頁 67。

[44] 蕭蕭：《緣無緣》，臺北：爾雅出版社，1996 年 3 月，頁 57。

言一語一筆一畫/即使灑落了/也會長成一棵棵/她所認識的那個名字。[45]

〈我心中那頭牛啊〉：

我為你寫了一首情詩/上面灑滿天光、雲影/瀰漫花香……詩不會比你想念的日子長/但已足夠我練習「愛」字的發音/如何柔和/像一滴水，落入三十二尺深的井底/激起的回響。[46]

由以上蕭蕭的詩，看出蕭蕭的愛情詩觀，有想像，有練習，有回響，更與佛學意境作連結，這與席慕蓉是不謀而合的。

有人認為席慕蓉的詩素質不高，那是因為愛情在席慕蓉的詩中佔了極大的分量，那些癡情的語句，有些人覺得太過露骨淺白，因此認為「席詩的素質低劣所引發的疵病不鮮，對讀者有不良影響。」[47]另有吳當則認為席慕蓉的詩因為淺白所以平易近人，老嫗能解，有盛唐白居易的風範[48]，筆者以為雖然有溢美之嫌，卻也能從平易中看出深沉的旋律。再者，即使有人不認同席慕蓉，席慕蓉的詩廣受大眾喜愛卻是

---

[45] 蕭蕭：《緣無緣》，臺北：爾雅出版社，1996 年 3 月，頁 100。

[46] 蕭蕭：《緣無緣》，臺北：爾雅出版社，1996 年 3 月，頁 146。

[47] 渡也：《新詩補給站》，頁 23。

[48] 吳當：《創世紀詩雜誌》，〈平易與深沉的旋律──讀《席慕蓉.世紀詩選》〉 128 期，2001 年 9 月，頁 147。

事實，她耽溺於自己所釀造的浪漫情緒，以華美的詩贏得愛詩人專注的眼神，成為海峽兩岸頗具知名度的詩人，為「新詩社會學」締造新紀錄。她所呈現的浪漫現象不同於蕭蕭，兩人卻都是大多數讀者所熟知與熱愛的。以席慕蓉和蕭蕭兩人的詩作而言，不僅呈現不同態勢的浪漫風貌，其實也受到象徵主義、現代主義的渲染，有著璀璨的光影疊映效果。如席慕蓉有一首〈一千零一夜〉的詩，以女性習慣佩戴的鐲子寫出女性受男性微妙控制的狀況：「一千個女人／只好微笑地假裝滿足於一千個鐲子」，此刻鐲子已有了婚姻之鎖的象徵意象，接著以男性的立場寫心情：「戴著吧，這樣可以常想起我」，又寫：

> 她戴著鐲子穿過寂寞的城市／而城裡一千個女人想著／同樣的開始和結局／下了一些雨／她把手微微的舉起整理濕的頭髮。

此詩即蕭蕭所論席慕蓉受到象徵主義、現代主義的渲染的詩作，只是蕭蕭較從形式與技巧的角度觀察席慕蓉的改變，李元貞則以一千個女人身份認同的複雜與困境來評論這首詩，認為席慕蓉如此嘲諷女性被迫俯首夫權的微妙處境[49]，在詩集中實在難得。

---

[49] 李元貞：《女性詩學－臺灣現代女詩人集體研究》，臺北：女書文化，2000年11月，頁143。

（二）詩集行銷之互涉

詩人在創作當中，對於意象與文字的組合，往往要推陳出新，對於大眾讀者而言，要他們在極短的時間內去解碼，是極為困難的，為了詩集被消費，進一步被閱讀，席慕蓉採用了「詩中有畫」之詩集行銷法，如此作法深受蕭蕭之認同。席慕蓉本是畫家，寫詩是無心插柳柳成蔭之意外收穫，蕭蕭說「這是一個非詩的時代，詩人不能坐等出版家來為你服務，詩人必須尋求出版家的支持，為讀者服務。」[50]也因此蕭蕭關注到席慕蓉詩畫合集的詩集寫作策略，類此策略強化了閱讀意識與購買欲望，並且形成了群體的消費現象。亦即詩人作為詩歌文本的書寫者，對於文本的創作，有著所謂的作家期待視野，即詩人有著自身的審美意識，為了讓讀者體會新詩之美，席慕蓉擅長以畫作來輔助詩的情境，所以在每本詩集都配有自己精心繪製的插畫，成為詩集出版的特色之一。

對此，蕭蕭是極為讚賞的，因此蕭蕭在出版《一行兩行情長》的手記時，特別請席慕蓉為此書繪製插畫，雖然只有十二幅，也可清楚看出兩人在創作與詩集行銷上之互涉。就瞬息萬變的高度資訊化世紀，所有的人都置身於市場與媒體雙重運作的時代氛圍中，文學不可能不受到衝擊，而且在審美領域中，受到最大衝擊的恐怕也就是文學了。以至於人們產生疑問：文學還能否繼續存在下去呢？還有無存在的必要

---

[50] 蕭蕭：〈釋疑：《世紀詩選》未必是「世紀之選」〉，《創世紀詩雜誌》，2001 年 3 月，頁 124。

和價值意義？[51] 侯文宜在談到電訊圖像泛審美時代的文學境遇時，非常精闢地總結了「四化」：1、文學的市場化、時尚化；2、文學的圖像化；3、文學的去深度化；4、文學的生活化遊戲化。[52] 就席慕蓉每出版一本詩集所承載的是，一個可以用畫面解讀的世界。[53]席慕蓉和蕭蕭都在尋求和建立人類生存所需要的情感、價值和文學信仰，以實現內在心靈世界對外在物質的昇華，那就一定要把讀者帶入澄明和詩話的體驗情境。[54] 所以，電子資訊圖像時代仍然需要詩，或者更需要詩！

　　當席慕蓉被關注的那一刻起，同時出版了第五本詩集《迷途詩冊》，在這本詩集中，席詩浪漫精靈特質依舊，但詩的取材與技巧已有了改變，愛花的席慕蓉，從愛情的玫瑰擴大為歷史的玫瑰，在〈契丹的玫瑰〉詩中，她形容一朵契丹的玫瑰，即使在充滿了殺伐爭奪的史書裡，從來沒有給美留下任何位置，但席慕蓉依舊相信，「有些什麼在詩中一旦喚起

[51] 侯文宜：《當代文學觀念與批評論》，北京：中國社會科學出版社，2007年，頁5。

[52] 侯文宜：《當代文學觀念與批評論》，北京：中國社會科學出版社，2007年，頁6-7。

[53] （法）讓·鮑德里亞，劉成富等譯（Jean Baudrillard，1929-2007）：《消費社會》，南京：南京大學出版社，2004年，頁96。

[54] 張汝山：〈泛審美時代人文精神的失落與救贖〉，山東：《山東省青年管理幹部學院學報》2005年7月，第4期（總第116期），頁137。「這種超越已不再是西方傳統美學所強調的超越，也有別於現代有人片面張揚的主體性的外在超越，而應更加重視內在自我的超越，即內在心靈世界對外在物質世界的超越，自由之境對物化之境的超越。把人帶入澄明和詩化的生存體驗之境，以尋求和重建人類生存所需要的情感、價值和信仰的新的實現與生長點。」

初心／那些曾經屬於我們的／美麗與幽微的本質也許／就會重新
甦醒」，[55]此處初心即浪漫心，是喚起精靈的魔法所在，即蕭
蕭評出席詩永不變的特質；白靈在〈懸崖菊的變與不變〉一
文中，從取材與技巧上，觀察到席詩「晚近詩作開闊的程度
讓眾多妒嫉了二十年的其他詩人不得不放棄了理由」，[56]不可
否認，晚近的席詩，離現代更近了一些，多了些旅行的鄉愁
與孤獨的體會。不論如何，席慕蓉和蕭蕭一樣，都在心靈的
孤獨處尋求現代詩的另一種可能。[57]

四、結語

多年來，蕭蕭一直勤奮的在臺灣現代詩的花圃裡耕耘，
他經年累月為詩人造像，為詩作演譯，蕭蕭以為這是個非詩

---

[55] 席慕蓉：《迷途詩冊》，臺北：圓神出版社，2002 年，頁 141。

[56] 席慕蓉：《迷途詩冊》，臺北：圓神出版社，2002 年，收錄白靈〈懸崖菊
的變與不變〉一文，頁 157。

[57] 蕭蕭在《現代新詩美學》第三章裡曾以鄭愁予（鄭文韜，1933-）的詩作為
範式，標舉「孤獨 美學」，以此作為「現代主義裡的古典文學情懷」，除
了說「孤獨感是文學生發的源頭」，並拈出古典詩人的四種孤獨情境，包
括「自然派的空間孤獨」（以柳宗元（773-819）〈江雪〉為例）、「社會
派的時間孤獨」（以陳子昂（661-702）〈登幽州臺歌〉為例）、「抒情派
的人情孤獨」（以李白（701-762）的〈忘天門山〉、〈早發白帝城〉為例）、
「哲理派的意境孤獨」（以王維的〈竹里館〉為例），最後又特別指出「鄭
愁予詩中所鋪陳的『美學』，源自互古以來文學藝術所獨具的『孤獨』心
靈」。[57]「孤獨」與「寂寞」近乎相同，由此開展而出，「孤獨／寂寞」
的詩人典型其實是蕭蕭心中的更大典型，也是蕭蕭詩中古典氛圍的重要來
源。蕭蕭：《現代新詩美學》，臺北：爾雅出版社，2007 年，頁 140-142。

的時代，詩人不能坐著等待出版家來為你服務，詩人必須尋求出版家的支持，為讀者服務。因此他催生了《世紀詩選》，呈現了十二位詩人的不同風貌，寫出了十二篇的詩人導論，[58]在為數甚少的女詩人中，席慕蓉是其中一位，蕭蕭以「似水柔情，精金意志」評席慕蓉，看得出蕭蕭對席慕蓉的重視，可惜的是，女詩人比例仍嫌少，畢竟選集代表的是文壇名氣的呈現及作家成果，因此選集最好在性別上不要有太大的懸殊差距。不過蕭蕭已然獨具慧眼，巔覆了學界對大眾通俗之商品詩集所持之批評態度，也去除了傳統讀者閱讀情詩的偏見，不再將情詩引向淫邪方向。[59]蕭蕭對席詩持肯定的態度，跳脫 1989 年楊牧、鄭樹森編輯《現代中國詩選》時，未選席慕蓉詩的作法。席慕蓉以畫家崛起詩壇，未參加詩社，直接將詩稿投到〈聯合〉與〈中時〉兩大報的副刊。接著在 1979 年，皇冠出版其第一本詩集《畫詩》，1981 年及 1983 年由大地再出版《七里香》與《無怨的青春》，詩集數度進入年度暢銷書排行榜，銷售量遠超過鄭愁予和余光中，究其原因，每本詩集配有席慕蓉細膩的針筆畫，畫風之溫柔婉約與浪漫詩風互相呼應，加強了情感效能。席慕蓉以詩畫同時展現意象，對此，蕭蕭是極為讚賞的。

　　由上確知，席慕蓉的詩以細膩美好著稱，但就抒情性和想像力的浪漫主義特徵而言，已把握住文學的基本要素；即使在書寫策略上，較見平鋪直敘與傳統，不如後來的夏宇和

---

[58] 蕭蕭：《創世紀詩雜誌》，頁 124。

[59] 康正果：《風騷與豔情》，鄭州：河南人民出版社，1988 年，頁 53。

羅任玲等女詩人，富有解構題材或塑造新技巧的貢獻，[60]但就擁抱愛情題材，在自我治療與認同上，筆者認為席慕蓉是有其貢獻的。後來筆者在《會笑的蓮》詩集中，[61]嘗試將電影以新詩的方式書寫，也是一種塑造新題材的方向。本文的蕭蕭以知己的心情，以相疊的姿態在詩與評論裡，與席慕蓉各自展現特長，不可否認的是，席慕蓉因蕭蕭的詩評與詩選的關注，得到詩史上更確切的獨特地位。另外，蕭蕭在詩評中對於女性書寫的探討，是相當具有性別美學意義。

---

[60] 洪淑苓：〈臺灣女詩人的題材論述〉，《臺灣文學研究集刊》第三期，2007年5月，頁141。洪淑苓列舉了臺灣十位女詩人的作品，整理出四種提論述的類型：一、喻寫題材，關懷社會與人生，以蓉子為例；二、擁抱題材，自我治療與認同，以胡品清為例；三、解構題材，嘲弄愛情與生活，以夏宇、羅任玲與洪淑苓為例；四、塑造新題材，「扮演」的書寫策略，以顏艾琳、廖之韻為例。認為在質疑、抗議、猶豫、感傷的情調之外，開始有扮演、遊戲、冷雋的語調出現，女詩人才真正從童話中解放，而可能創造新的書寫模式。

[61] 蕭湘鳳：《會笑的蓮》，臺中：橘林出版社，2000年。

我如何捨得與你重逢/當只有在你心中/仍藏著的我的青春/還正如水般澄澈/山般蔥籠。

（席慕蓉短詩，書法：田明玉）

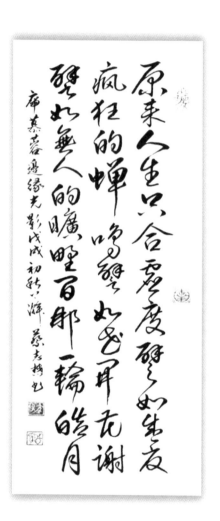

原來人生只合虛度,譬如盛夏瘋狂的蟬鳴,譬如花開花謝,
譬如無人的曠野間那一輪皓月。

(席慕蓉〈邊緣光影〉,書法:蔡志懋)

第八章　蘇偉貞小説
——鏡頭內外心理書寫

一、前言

　　蘇偉貞的小說一直在為女性的處境找想法，也為女性的世界找出口，在《魔術時刻》書中，她一篇一篇道出女性自我認同的掙扎，其中〈以上情節……〉這篇，蘇偉貞將小說重點放在人物的內心體驗，注重女性生命體驗的深層敍述。由於電影語言常令讀者跌撞在虛實之間，蘇偉貞即將書寫的架構藏在電影鏡頭的內外，蘇偉貞自己與小說中的主要人物（寶聖）都學會套用電影的語言，來展現虛構與真實是一體的兩面，可以同時存在的弔詭。寶聖在電影中所見的鏡中像成為一種託喻，寶聖執著成癡，一如經過重複的虛構，真實才會更真實。在寶聖的一生，她無法勘破人生的假象與真相，但又想要表達她的人生，所以會有心理的衝突，母親只引領她到一個電影的空間，試圖讓她的情感有個寄託，卻無法引領她面對複雜的生命問題。到底小說的終極關懷是什麼？筆

者以為，應是現代女性將如何面對人生真相與假象反覆呈現的生命情境。至於小說中所論及的幻想與真實之間的關係，本章借用法國精神分析學家拉岡的「鏡像階段」理論來理解。

　　《魔術時刻》是蘇偉貞（1954～）在 2002 年出版的短篇小說集，共收錄了八篇小說，有多篇小說運用了鏡頭內外的書寫策略，藉由觀看照片或電影的鏡頭，整理出主要人物的生活經驗與記憶，如〈倒影小維〉、〈侯鳥顧同〉、〈日曆日曆掛在牆上〉等。其中〈以上情節……〉這篇小說，蘇偉貞更試圖藉由看電影的經驗，主要人物記憶起自己與母親的關係，並在重複觀看電影時，進行著存在的意義探索。由於小說本文所透露的訊息是，主要人物（寶聖）將自己沉溺在電影的世界，將電影當母親，導致無法建構出屬於自己的語言來自我表達，究竟為何形成如此現象？又當如何界定母親與寶聖的心理狀態？本文將鏡頭內等同電影院，是主要人物逃避現實的幻想世界，鏡頭外則是主要人物走出電影院所要面對的真實人生。由於電影是鏡頭拍攝而成，而寶聖的成長幻滅都與電影有關，因此筆者將電影鏡頭認為是一種鏡像，有如黃宗慧所言，追循拉岡的批評者，往往挪用其關於鏡像期的理論，即把電影銀幕看成鏡子，來批駁電影機器如何試圖陷觀眾於鏡像期的想像之中。[1]

　　承上，小說中所論及的幻想與真實之間的關係，本文借用法國精神分析學家拉岡（Jacques－Marie Emil Lacan.1901

---

[1] 黃宗慧：〈看誰在看誰？從拉岡之觀視理論省視女性主義電影批評〉，臺北：《中外文學》，25 卷 7 期，1996 年 9 月，頁 42。

－1981）的「鏡像階段」（The Mirror Stage）理論來理解，拉岡認為嬰兒分辨不出自己和自己在鏡子裡的形象，這就成為後來一切關係的幻想性基礎，[2]借此詮釋寶聖成長過程對愛有所匱乏到期待的心理轉折；由於拉岡認為「鏡像階段」的「想像」沿著幻想的方向發展，在「想像」中，沒有缺少，只有認同和存在，寶聖在幻想中滿足。而「象徵」則以語言加以營構，進入語言系統，才能在相對的系統（男／女／父／母／女兒）裡，找到主體的位置[3]，小說中的寶聖卻無法進入語言的象徵系統，導致失序的生命。因此本文再以拉岡「鏡像階段」所延伸的「想像」和「象徵」，來說明女主角的失語成因，以便梳理出蘇偉貞筆下的現代女性如何面對生命困境，並處在粉碎不定的邊緣。

二、魔術般虛實情境

從《沉默之島》開始，[4]蘇偉貞嘗試在小說中表達語言意義的不確定性，類似這樣的獨白，蘇偉貞的寫作中不斷地重複地出現，其核心是孤獨與封閉，有如離開熟悉的世界去別處旅行，以及獨處中感覺的靈敏及與自身對話的可能性。在

---

[2] 轉引自王德威、黃錦樹：《想像的本邦──現代文學十五講》，臺北：麥田出版社，2005 年，頁 172。

[3] 轉引自 Raman Selden 著，林志忠譯：《當代文學理論導讀》，臺北：巨流出版社，2009 年，頁 37。

[4] 蘇偉貞：《沉默之島》，臺北：時報文化，1998 年。

《魔術時刻》中，這種不確定性更加明顯，自序說：「這系列小說自主形成一個不確定的磁場，姑且稱之為灰色地帶。」[5]所以駱以軍以〈不確定的灰色地帶〉為主題，來品評蘇偉貞的小說手法，其中他注意到〈以上情節……〉以龐大的電影對白推積成小說的時空。[6]蘇偉貞論及將書名訂為「魔術時刻」，即來自於電影的技術，自序說：

> 狼狗時光銜接白晝與黑夜中間暮色，只有短短幾分鐘，要留住頃刻畫面，搶拍手法叫「魔術時刻」（magic hour）。我猜測生命情境不確定的灰色地帶便是這個空間。

　　蘇偉貞在〈以上情節……〉中明顯的建構了一個電影空間，這個電影空間有如魔術般虛實互涉，看似真，其實是假，代表的正是母女生命情境不確定的灰色地帶，而檢驗〈以上情節……〉的虛實關鍵，就藏在電影的「重看」中，在時間上，重看是個弔詭的經驗，重看開始時，觀看者已經知道結局，起點不再是原來的起點，一再重新站在電影的起點上，內容其實已經缺少陌生的威脅與誘惑。寶聖藉著「重看」在重複自己的生命歷程，並以不改變來對抗時光的改變，此刻小說中的主角寶聖是熟悉與安全的，因此電影成為寶聖的「重

---

5 蘇偉貞：《魔術時刻》，臺北：印刻出版社，2002 年，頁 6。
6 駱以軍：〈不確定的灰色地帶——讀蘇偉貞的《魔術時刻》〉，臺北：聯合文學，2002 年 7 月號，頁 177。

複衝動」，這種無法抗拒的衝動，會重複過去的經驗，也就成
為寶聖對愛的代替品，正如法國精神分析學家拉岡所說：

> 「鏡像階段」是一齣戲，其內在推動力乃澱積自「匱
> 乏」，成就於「期待」，最後則演變為「疏離身份」
> 這個自以為是的金鐘罩。既為「金鐘罩」，其建構
> 必然僵硬而死板，主體心智發展上的全程乃經此標
> 示而出，主體受到與空間合而為一的誘惑，而上述
> 的「戲」適可為此一主體「製造出」一連串的幻象，
> 上起支離破碎的身體意象，下達其整體的某個形
> 式。後者我以「整形外科的」一詞形容之。[7]

　　電影是寶聖的一齣戲劇，這齣戲劇為她製造出一整套的
幻想，讓她匱乏的愛與不完整的生活形象得到矯正與完整，
電影成了寶聖的「金鐘罩」，此金鐘罩即其面對人生的盔甲。
因此寶聖沉醉於電影的想像中無法自拔，她不理會外面的真
實世界，也不會想到自己在外面的真實世界的位置，寶聖也
就徘徊於真與非真之間。在電影的空間中她得到了「虛情假
意」的誘惑，電影成了寶聖的母親，也成了寶聖與母親的唯
一連結。

　　蘇偉貞在小說描寫中，主要人物寶聖的童年充滿著鏡像

7　Jacques　Lacan（1977），*Ecrits：A　Selection*（A. Sheridan, Trans.）New
　　York：Norton。p.4 轉引自邁可・潘恩（Michael Payne）著，李奭學譯：《閱
　　讀理論──拉康、德希達與克麗絲蒂娃導讀》，臺北：國立編譯館主譯，書
　　林出版社，1993 年，頁 45。

匱乏階段，小說開始就說「可是你知道嗎？對寶聖來講，她的人生是從電影開始的。」[8]因為每年除夕，她和母親總是出門看電影，電影與寶聖到底是如何糾葛互動的：

> 缺少對話的電影之旅何時完成的？寶聖比誰都先知道結局。她母親！從不曾回頭看過她。除夕夜是個好長的童年。…… 母親只帶她搭公車，只顧盯著窗外渾然忘卻對她描述。[9]
>
> 其實她一直想戒掉看電影，她發現自己對電影太依賴。她知道她的一切文化差異都從電影得來的。[10]
>
> 一旦她明白別人的生活永遠比較容易，她便離不開銀幕了。……她後來才願意承認她母親對她的恩典是讓電影陪伴她。[11]

寶聖只看電影的除夕夜是個好長的童年，對寶聖而言，母親與她的相處模式是，只帶她看電影，而且是沒有對話與分享的電影，明顯看出寶聖無法從母親身上得到愛與關懷，電影陪伴竟成為母親對她的恩典，寶聖的童年成長也就充滿著指引的匱乏。

寶聖如何從匱乏轉向期待？寶聖從小看電影長大，後來

---

8 《魔術時刻》，頁 146。
9 《魔術時刻》，頁 146-147。
10 《魔術時刻》，頁 153。
11 《魔術時刻》，頁 156。

「成為還有點知名度的小說家，人際壓力也免了。」寶聖的母親未婚生子，年節時為免尷尬，看電影以為排遣，後來變成習慣，電影院變成寶聖的童年回憶。長大後，「她母親去了國外，拋棄了她」。[12]寶聖繼續看電影，好像電影的人生就是她的人生，她看過的所有電影，一開始演她就知道結局，可見她連續看相同的電影，「讓她覺得感傷的是，電影的人生往往才叫人生，永遠有開始和結束。多麼完整。最重要的是有她最需要的真實性。」[13]寶聖在電影世界幻想她最需要的真實性，有一種滿足與補償作用，有如真實的母親給了她幻想的世界。電影是個虛擬世界，寶聖卻從中索取屬於她的真實，看電影本來是母女關係的匱乏，往後寶聖自己看電影，就成了追憶母親關係的期待。後來想像爸爸的出現，也是因匱乏而期待，看寶聖如何想像自己的爸爸：

> 等到突然有個男子在校門口盯著她看，故事就像鏡頭一般清楚了，她稍稍不安，發現自己成了女主角又總是走出鏡頭。男子持續陪伴她上下學，清晨在路口等她走向他，一個長鏡頭。……不再需要任何理由，她每天告訴自己八百遍，這個人就是她爸爸。[14]

---

[12] 《魔術時刻》，頁 156。

[13] 《魔術時刻》，頁 158。

[14] 《魔術時刻》，頁 150。

「鏡頭」的使用在敘述爸爸的出現時，顯得重要，因為那是電影告訴她的，她不知道從那一部電影找到她所認為的爸爸，所以寶聖許多次看到的都是「我爸爸」，是寶聖認定的爸爸，因此她每天告訴自己八百遍，我有我爸爸。就像寶聖說的「她記得他，他才會永遠存在。」只是她爸爸的記憶維持不久，在她二年級爸爸出現後，從此就消聲匿跡。如此的寓言想像，寶聖只是為了以期待完整來滿足自己的匱乏，否則她無法面對自己生來就被母親決定沒有爸爸的身份。

三、虛實符碼：語言、影像

在《魔術時刻》書中，許多篇小說的對話都以其他文本的對話穿插其中，也成了蘇偉貞的特殊技巧，如〈日曆日曆掛在牆上〉，混合交錯故事或引用《邊城》的小說片斷及評論，構築了一個互文的敘事空間。其中以日記作為馮家老太對生命情境的不確定所作的一種無意識的抗爭，[15]在日記裡更憑空多出個虛擬女兒。這與〈以上情節……〉，寶聖以電影作為不確定的抗爭是相同的，而寶聖也以電影虛擬出一個父親影像。只是蘇偉貞穿插的是電影的對話，從「話語」（Discourse）的角度來看，蘇偉貞的嘗試有更深層的意義，「話語」是一種傳達知識的訊息活動，不同體系的知識都有其獨特的話語，

---

[15] 李煒：〈互文的敘事——對蘇偉貞《日曆日曆掛在牆壁》的文本細讀〉，華中師範大學，華文文學，第 73 期，2006 年 2 月，頁 37。

而話語的兩端又隱含著創造出話語的社會權力機關體系以及接受話語的社會成員。話語不單純只是訊息的交換，背後是更廣大的權力運作過程。因此傅柯（Michel Foucault，1926-84）強調：「不要——也不再要——把話語當作一組符號（意指性的因素指涉內容或重現事物本相），而是要當作一種運作，該等運作且有系統的形成它們所談論之對象。」[16]從小說一開始，電影的話語就是主題，蘇偉貞引用了《超級大玩家》的對話：「我不看電影！」「為什麼？」「人生苦短啊！」，以這段對話呼應小說結束時的「以上情節，純屬虛構」，因為小說的母女人生大都用在看電影上，難道她們不知道人生苦短？純屬虛構的到底是什麼？是人生如夢如幻的一切？在小說的進行中，蘇偉貞總能適時的運用她所看過的電影語言，藉由電影與主要人物的兩種聲音並列進行小說的「敘述」，如同一顆顆發芽的種子，掙扎著要突破敘事的間隙，打碎語言的邏輯，這些語言是電影的虛幻劇情，也是寶聖的真實人生；或者說是電影的真實劇情，也是寶聖的虛幻人生。

(一)電影與寶聖的語言

〈以上情節……〉多處以電影語言勾動出寶聖與生活之間的依存關係，如：在敘述寶聖看著遠處大樓時，引用的對話：

---

[16] 米歇·傅柯（Michel Foucault）著，王德威譯：《知識的考掘》（*The Archaeology of Knowledge*），臺北：麥田，1993 年，頁 131。

「好孤單的房子，你孤單嗎？」「只有在人群裡。」[17]

　　蘇偉貞交待這是電影的對話，寶聖在人群裡反而孤單，在人群裡，她不被了解，也無法與人群互動，寶聖借電影語言陳述自己的心境，這也是寶聖將電影的語言放入她真實的人生，導致的結果是：

沒有人愛聽她講話，任何例子她都套上電影情節使用電影語言。別人都寫好了，為什麼不用。大夥兒先覺得新鮮，後來認為太搞怪了：「妳說的話我們不懂。」[18]

　　寶聖使用電影的語言來處理周遭的人際相處，那屬於她自己的語言又在那裏？難道她已經無法使用自己的語言？就如她無法哭泣，「不！她從來不哭。她面對的方式是，反覆對話最喜歡的男演員李察基爾演過的一個躁鬱症角色。」[19]那是一位吞了七十三顆阿斯匹林，從此不再頭痛的躁鬱症角色，寶聖借這個電影角色說明自己以後再也沒有哭過，寶聖以電影語言替代自己的語言，她沒有屬於自己的真實生活語言，也就沒有自己的情緒表達。她面對人生的方式，竟是反

---

[17] 《魔術時刻》，頁148。

[18] 《魔術時刻》，頁154。

[19] 《魔術時刻》，頁155。

覆運用電影的對話，她已處於失語狀態。寶聖又為何失語的？這與母親的自生自滅，輕易的以電影當母親，和從出生寶聖被母親決定自己沒有爸爸有關。

　　母親往往是子女第一個認同的對象，可是子女為了發展出屬於自己的人生，必須脫離母親的影響，為了脫離母親影響，子女往往刻意和母親不同。委身於傳統母性下或服膺於女性主義形象的母親，同樣會成為現代子女反抗的目標或反面教材，但是這種反抗或憎怨，背面其實是一股拉向母親的力量，是一種怕和母親完全相同的恐懼。母親的自殺離去，對寶聖而言，是個現實悲劇，寶聖必須被迫接受這個現實，寶聖對愛的長期匱乏，使她呈現失語現象，她無法大叫或呼喊，她無法以語言來釋放自己的悲喜，她仍舊以電影來補償匱乏。小說所討論的母女關係型態，不管是認同母親，走上母女同命的路或者反抗母親，走出和母親迥異的生命之道，其實都說明了母親對子女的影響力。

　　我們不禁要問，寶聖與母親之間有多少對話？僅有的兩次不算對話的語言呈現，一次是寶聖聽到母親的喃喃自語「人生如戲」[20]，母親的喃喃自語，寶聖聽在心裏了！另一次是母親自殺前寫給寶聖的信，留下兩段電影對白：

女：「你要我遺棄以前的生活嗎？」

男：「不！只是要妳記住我們想過的生活。」

「有些事該結束了。」

---

[20]　《魔術時刻》，頁 152。

「是啊！」[21]

寶聖懂得這是電影對白，這是母女特殊的溝通方式，難道母親沒有屬於自己心靈的臺詞？信中寫著：「我愛妳！」我不愛……我自己！」，[22]這是身為母親的真實表達，寶聖由信中看到母親的心境，對母親而言，她也處在幻想的「鏡像階段」，她的人生如戲，而信中說的「妳」是女兒，她愛寶聖，可是她不愛自己實驗了女性主義的思想。母親是否過度幻想了女性主義？沒有母女對話長大的女兒，命運會是如何呢？母親對女兒的影響極為深遠，女性往往追逐著母親的足跡前進，或者為了逃避母親的影響，走向反抗之路，前者表現為母女同命的宿命感，後者則在叛逆中辯證地說明了母親的影響力。

(二)父母虛實影像

寶聖面對電影院外的真實生活，內心仍然幻想著如戲的影像，「我夢想我們會到人間仙境」、「那就閉上眼睛吧！」[23]這是電影的臺詞，寶聖用在形容母親帶她看電影的過程。同時寶聖自己在觀看電影時，內心依舊不斷的與鏡頭對話，因此她創造了一個特寫的爸爸，認同於一虛妄的完整形象。而憑她的經驗，這個爸爸終會像所有影片的人物一樣，消失在

---

[21] 《魔術時刻》，頁157。

[22] 《魔術時刻》，頁158。

[23] 《魔術時刻》，頁147。

眼前。寶聖為了讓自己自由而創造了爸爸影像，小說寫著：

> 她從此再沒有遇見「我爸爸」。但是寶聖不再難過，
> 有人跟她道過歉了，啊！多神奇表演技術。等她成
> 年以後，看到有一句專為她訂作的電影獨白：「你
> 使我自由。」[24]

　　面對電影，寶聖創造出她自己的「鏡像階段」，並將自己放在對於往昔記憶的位置上，她由此營造出電影院內外之間的不斷連結。對於母親，她知道「交叉最多的部份是電影院時光，而非母女人生，她母親輕易就用電影代替了她不會做母親這個弱點。」[25]也由於如此，寶聖將對自我的認識建立在虛幻的光學影像之上，對父親和母親的了解認識，她自己建立起想像的虛幻層面。寶聖無法決定自己擁有父親，也無法挽留母親的拋棄。寶聖渴望觀看電影，因為電影有豐富的劇情和對話，對話是一種溝通，一種自我的表達，寶聖與母親卻是無法對話的，母親總是決定了一切，決定寶聖有個缺席的父親，也決定了自己存在的缺席。

　　父親缺席可以是實質上的不履行親職，也可以是一種「存而不在」。蘇偉貞以寶聖對於自己父親的想像描述，來陳述短暫相處的經過，對寶聖而言，生理與心理都缺席的父親，在她的成長過程已造成影響。本來夫妻關係與親子關係緊緊

---

[24] 《魔術時刻》，頁 151。

[25] 《魔術時刻》，頁 148。

相連，也牽動家庭系統的運作，[26]寶聖失職的母親，造成寶聖失語與行為問題。同時擁有父母親，是一個孩童對家的定義，及婚姻所設定的法則，因此寶聖得自己想像成她有父親的影像，所以理所當然的她讓自我幻想的父親參與了她的生活，「她記得他（我爸爸），他才會永遠存在」[27]寶聖也許就在某部電影中認同了一個爸爸。

這個幻想的爸爸，是拉岡〈鏡象階段〉的嬰兒生活，此時主體以幻想的形式存在。拉岡說「鏡子階段的功能作為幻想功能的一個特例，目的是與現實建立關係。」[28]即人從鏡子中得到一個關於自己的影像，這個視覺的形象與自我感覺合為一個結構，形成個體對於自我存在的認識。[29]而這個爸爸的幻想形象是為了配合現實的內在矛盾所形成，所以寶聖的爸爸去了那裡？

> 「離開這裡以後，你去了那裡？」「讓事情不再發生。」[30]

讓甚麼事情不再發生？讓真實世界沒有爸爸的事情不

[26] 邱珍琬：〈父親缺席——一個男性大學生的經驗〉，高雄師大學報，24 期，2008 年，頁 21。

[27] 《魔術時刻》，頁 151。

[28] Jacques Lacan，*Ecrits*，translated by Alan Sheridan ，New York：Norton ，1977，p5。錄自方漢文著《後現代主意文化心理：拉岡研究》，上海：三聯書局，2000 年，頁 78。

[29] 方漢文：《後現代主意文化心理：拉岡研究》，78 頁。

[30] 《魔術時刻》，頁 152。

再發生。沒有爸爸本不是缺憾，只是寶聖成長過程擁有的是對學問瘋狂的母親，母親只顧尋求自身學問理論欲望的滿足，無法給予女兒正常的母愛，寶聖最後也自覺「她不該跟在母親後面，她們根本是兩個生命」，[31]寶聖拒絕了母親和她的故事，因為她意識到母親身處現代社會，在女權思想的衝激下，母親所服膺的女性主義形象並不足以成為自己的楷模。同時也說出思想無法遺傳的真實性。

> 寶聖的身世缺乏未婚生女的典型背景──痛苦的愛。她母親是一個無趣的女性主義服膺者，注定一輩子找尋位置，且終生信仰失去錯置文本的女性作家西克蘇 Helene Cixous 和桑德拉。吉爾伯特 Sandia Gilbeit。這一點寶聖本土教材多了。[32]

寶聖的母親有其對女權思想的堅持，也因如此，她未婚生女，違背了傳統規範，她發現她活在孤獨之中。寶聖成了她「一場硬來的主義實驗，但是她回不去了。不要婚姻，只要小孩，什麼知識界。」[33]可見寶聖並不認同母親的實驗，母親的實驗，讓寶聖面臨「鏡像階段」成長後的認知，沒有

---

[31] 《魔術時刻》，頁 148。

[32] 西克蘇 Helene Cixous 和桑德拉。蓮娜‧西克蘇是法國著名的女權主義理論家，著有《新女性的誕生》、《美杜莎的笑聲》。1978 年，她在法國 Avignon 以歌劇的形式演出了《美杜莎的笑聲》。吉爾伯特 Sandia Gilbeitg 也是著名的女性主義理論家。

[33] 《魔術時刻》，頁 148。

父親，寶聖是匱乏而委屈的，因此寶聖為自己塑造了父親的影像。而母親面對自己只要小孩，不要婚姻的實驗，知道是失敗的，所以在寶聖結婚的第二天，就遠離寶聖，等於拋棄了寶聖，讓寶聖「再度在鏡頭裡望見自己，沒有交談，沒有心理醫生，沒有孩子，沒有寵物，沒有情感苦惱。」母親雖然不會當母親，但也不應放棄這個女兒，從此寶聖的歲月只有許多的沒有，這些沒有也正是寶聖的需要。

母親這些行為，可以說都是心理上某種程度的病態，如此病態的形成似乎與其對女性主義理論的落實失敗有關，而這孤立即拉岡所賦予的「鏡之經驗」的「樣像」思考。[34]拉岡說：

> 同樣地，我們在心智面上也可發現頑固的工事已經構築完成，其隱喻乃自然現形，有如導自徵兆本身，可以區分強迫性官能症的各種機狀，如變態、孤立、二度複製、抵消與轉移作用等等。[35]

寶聖的母親讓自己陷於孤立狀態，最後自殺了，而寶聖對電影這個「物」的偏執，也是一種強迫性官能症，最後呈現瘋狂狀態，瘋了的寶聖如何能在光度巨大落差的散場時刻

---

[34] 見邁可・潘恩（Michnel Payne）著，李奭學譯：《閱讀理論——拉康、德希達與克麗絲蒂娃導讀》，臺北：國立編譯館主譯，書林出版社，1993年，頁40。

[35] Jacques Lacan（1977），*Ecrits：A Selection*（A. Sheridan, Trans.）New York：Norton。p.5。引自註21，頁47。

推門出場，與外面的真實世界對話？就如小說所說真相常讓
她產生直視陽光的感覺，強烈極了，什麼都看不見。

四、虛實拉扯：想像、象徵

　　寶聖將電影賦與真實人生的相處，在真實人生中又扮
演著想像的角色，她生活在虛實之間，這種虛實之間的拉
扯，即拉岡在「鏡像階段」中所論及的「想像」及「象徵」，
拉岡認為：

> 「想像」（the imaginary）相當於前戀母情意結時
> 期，當小孩相信自己是母親的一部份，並感覺自己
> 與世界並無分隔。在「想像」中，沒有差異，沒有
> 缺少，只有認同和存在。戀母情結危機代表進入象
> 徵期。語言學習與此有關。[36]

　　想像是自然(nature)的領域，象徵是文化的領域，是律法
(the Law)的場域。在生活中，寶聖以電影作為母親愛自己的
替代品，在電影中尋找父親，她的自我就沿著虛構的幻想方
向發展，這是拉岡「想像」階段的認知；然「在想像期，沒

---

[36] 轉引自 Toril Moi 著，陳潔詩譯：《性別／文本政治：女性主義文學理論》，
臺北：駱駝出版社，1995 年，頁 90。

有獨立本體之意識，因為本體經常在另一半中疏離。」[37]因此在形塑自我之際，如果「停留於想像等於變成精神病患者，無法生存於人類社會中」[38]，在小說中，寶聖一直停留在想像階段，所以無法適應社會，因為「象徵」是社會秩序的領域，是當作語言加以營構。[39]也就是說，隨著語言的獲得，才能意識到自我、他者與外界的差別。

寶聖以電影對話為語言，在寫小說時，寶聖又從來沒有自己，可見寶聖無法營構象徵自己內心的語言，沒有自己真正的語言，也就無法完成自己的生命史，也就無法從「想像」階段邁入「象徵」階段，因此寶聖永遠游移於階段與階段之間。而這種矛盾的虛實拉扯，被認為是瘋了！「婚後第一年除夕寶聖照常出門去看電影，大家都以為她瘋了。她也拿不出個說法，就是覺得沒什麼不對。」[40]接著在寶聖接到母親死訊後，小說寫著「也許她婆婆沒錯，她是瘋了。」[41]至於寶聖的母親也被如此看待，學校老師因為她母親的職業，總說「人家大學教授，還要你告訴他怎麼做！」他們背後批評她母親心理不正常，嘩嘩嘩地批評，其實一點也不避她。[42]瘋

[37] 轉引自 Toril Moi 著，陳潔詩譯：《性別／文本政治：女性主義文學理論》，臺北：駱駝出版社，1995 年，頁 91。
[38] 轉引自 Toril Moi 著，陳潔詩譯：《性別／文本政治：女性主義文學理論》，臺北：駱駝出版社，1995 年，頁 91。
[39] 見王國芳 郭本禹著：《拉岡》，臺北：生智出版社，1997 年，頁 163。
[40] 《魔術時刻》，頁 148。
[41] 《魔術時刻》，頁 161。
[42] 《魔術時刻》，頁 150。

了！是一種精神病患，也就無法生存於人類社會中。在女性小說中所塑造的瘋婦形象，不僅象徵女性在父權體系中尋求自我認同的挫敗，同時也是來自於一種無可言喻的女性破碎經驗的投影，[43]換言之，「瘋狂」變成女性生存的一種方式。

電影在小說中的真實性內涵，有如寶聖所寫的小說「從來沒有自己」，這種真真假假的自我拉扯，涉及「存在」的意義，沒有人去關心寶聖作為一個人的個體生命狀況，和她的內心世界。丈夫與婆婆看到她晨昏顛倒的在寫小說，卻從不關注她到底寫了什麼。海德格（Martin Heidegger）從個人的體驗來理解「存在」，現實中的個人，乃是「在世界中的存在」（Being in the world），任何人，任何存在自己成為生活上真正的主人，但「在現實世界中生活的無可奈何，我們是注定要「被拋棄」在一定的具體環境中的。」[44]寶聖沒有父親是被母親決定的拋棄，母親又拋棄了愛女兒的能力，「她母親輕易就用電影代替了她不會做母親這個弱點。」「寶聖不氣母親沒有母性，惱自己不像個女兒。即使母親不讓她作女兒。現在她確信是母親拿走了她的能力。」[45]一對無法付出愛的母女，如果愛是一種能力，她們都拋棄了這個能力，母親拋棄了陪伴寶聖的心靈成長，因此她只能從電影的體驗來理解母女關係的存在，最後母女都拋棄了愛自己！

女性主義為了解構父權體制，建立新文化思想之人性訴

---

[43] 郝譽翔：《情慾世界末：當代臺灣女性小說論》，臺北：聯合文學，2002年4月，頁47。

[44] 見高宣揚：《存在主義》，臺北：遠流，1996年，頁90-91。

[45] 《魔術時刻》，頁157。

求與實踐理論。然思想的實踐有其不確定性，在尚未發展出完整的新架構時，會處於一種過渡狀態。寶聖母親為了建構出思想的實踐，必須認知到人不可能單獨存在於這個世界，人與世界的相連有如米蘭（Milan Kundera）所形容「蝸牛和其外殼」，世界一點一點的變化，存在也會隨著變化。[46]因此寶聖母親所服膺的女性主義是否受限於社會的特質，或者受限於問題視野的不足？每個人都有「孤立」保有自己純真的特性，卻不得不「沉落」在社會中，便會產生「擔憂」的感覺，更具體地說即是包含「憂慮」和「焦急」。楊照〈隱私與文學〉一文中指出：

> 文學從來不尊守理性的「真實／謊言」規定，它自有一套關於「真實／謊言」的概念……走進文學這個曖昧的空間裡，公私不再清楚、事實虛構的分野不再重要，真正浮現的是每個人被還原成具有產生與接受無窮經驗能力的個體，可以冷冷抽離地看公共秩序的總總真理姿態……[47]。

當然真實不只是真實和不真實兩極之分，而有比較真實和比較不真實的程度之別。在小說的內容中，真實和謊言的界線被模糊化了。寶聖在觀看電影與書寫小說中，展現或真

---

[46] 米蘭（Milan Kundera），尉遲秀譯：《小說的藝術》（L'Art du roman），臺北：皇冠，2004年，頁47。
[47] 詳參楊照：〈隱私與文學〉，臺北：《聯合文學》，第19期，1999年，頁53。

或假的自己，她一方面在幻想的鏡頭裡，滿足自己真實的欲望或者掙扎；一方面透過書寫小說重新認識、塑造不是的自己，或者遺忘自己。不難看到，社會過去對女性傳統的價值觀，到了寶聖母親時，已無法被保留下來，對婚姻的看法已經發生某種改變，這突如其來的衝擊，使寶聖如何跟過去歷史徹底決裂？

五、結語

電影劇終註腳「以上情節，純屬虛構」，如寶聖所言：「分明是演戲，為什麼又要明說」。比較文學與電影，「演員比她更慘，連騙人都不願意」。也就是說，身為作家，蘇偉貞參悟「她無論寫什麼都不算騙人」；她也明白，和戲一樣，人生如「書」。有趣的是她把小說/電影鑲嵌在母女情節之中，母親把電影當母親，女兒用小說過日子，母女都在虛構中經驗真實：[48]因為「假的事情安全多了」。以「以上情節」對應了小說結束的「純屬虛構」，有如拉岡所說「我的歷史中，由空白和謊言所占據的一章：它是經過刪改的一章，但真實仍可以從中被再次發現，通常它已經被書寫於各處。」[49]蘇偉貞的小說一直在為女性的處境找想法，也為女性的世界找出口，

---

48 梁一萍：〈〈以上情節……〉導讀〉，邱貴芬主編：《日據以來臺灣女作家小說選讀　下》，臺北：女書文化，2001 年，頁 353。

49 Jacques Lacan（1977），*Ecrits：A Selection*（A. Sheridan, Trans.）New York：Norton。p.50。引自註 21，頁 59。

在《魔術時刻》中，她一篇一篇道出女性自我認同的掙扎。小說可以描寫女性的痛苦，而這痛苦是透過身體的扭曲與潰爛的再現被看見，在〈以上情節……〉中，蘇偉貞以女性失語的沉默狀態，來敘述女性的自我認同與成長問題，這也是一種心理的扭曲與潰爛。蘇偉貞描寫女性獨特的個體生命體驗時，許多地方穿插大量的電影對話，在顛倒的時空記憶中勾勒出內心感受和情感體悟。小說把重點放在寶聖的內心體驗中，注重對女性內化的生命體驗的深層敘述，在女性中道出私人隱秘壓抑的經驗，這是一種彷徨中的吶喊，只不過是在她內心中狂風驟雨般的吶喊，她不尋求別人的共鳴，因為無法共鳴，或者不願意共鳴，孤獨是她的孤獨，是她不得已的選擇。一個人的電影院，周圍卻有一群陌生的人，看似一個人的孤獨，也是她母親的孤獨。從母親的失聯開始，她便從感受中找尋主體存在感，她需要從自身來反思存在，於是與孤獨共處，電影鏡頭也就成為她生命的出口，既在電影中尋找「出路」，以喚起記憶與生命底層最初的慾望，到了最後寶聖必須取消慾望，以便更接近慾望本身，成為回歸並實現自我的一種方式。

延伸閱讀文獻

（1）蘇偉貞著作

蘇偉貞：《有緣千里》，臺北：洪範，1984 年。

蘇偉貞：《舊愛》，臺北：洪範，1985 年

蘇偉貞：《陌路》，臺北：聯經，1986 年。

蘇偉貞：《來不及長大》，臺北：洪範，1989 年。

蘇偉貞：《紅顏已老》，臺北：聯合報出版：聯經總經銷，1989
　　年。

蘇偉貞：《陪他一段》，臺北：洪範，1990 年。

蘇偉貞：《歲月的聲音》，臺北：洪範，1990 年。

蘇偉貞：《流離》，臺北：洪範，1990 年。

蘇偉貞：《我們之間》，臺北：洪範，1990 年。

蘇偉貞：《過站不停》，臺北：洪範，1991 年。

蘇偉貞：《熱的絕滅》，臺北：洪範，1992 年。

蘇偉貞：《世間女子》，臺北 ： 聯經，1993 年。

蘇偉貞：《沉默之島》，臺北：時報文化，1998 年。

蘇偉貞：《單人旅行》，臺北：聯合文學，1999 年。

蘇偉貞：《魔術時刻》，臺北：印刻，2002 年。

蘇偉貞：《離開同方》，臺北：聯經，2002 年。

蘇偉貞：《私閱讀》，臺北：三民，2003 年。

（2）專書

張一兵：《不可能的存在之真——拉康哲學映像》，北京：商
　　務印書館，2006 年。

王德威、黃錦樹:《想像的本邦——現代文學十五講》,臺北:麥田出版社,2005 年。

米蘭(Milan Kundera)著,尉遲秀譯:《小說的藝術》(*L'Art du roman*),臺北:皇冠,2004 年。

郝譽翔:《情慾世紀末——當代臺灣女性小說論》,臺北:聯合文學,2002 年。

唐荷:《女性主義文學理論》,臺北:揚智,2003 年。

邱貴芬主編:《日據以來臺灣女作家小說選讀(下)》,臺北:女書出版社,2001 年。

方漢文:〈後現代主意文化心理:拉岡研究〉,上海:三聯書局,2000 年。

王國芳 郭本禹著:《拉岡》,臺北:生智出版社,1997 年。

邁可‧潘恩(Michnel Payne)著,李奭學譯:《閱讀理論——拉康、德希達與克麗絲蒂娃導讀》,臺北:國立編譯館主譯,書林出版社,1993 年。

賀安慰:《臺灣當代短篇小說中的女性描寫》,臺北:文史哲出版社,1989 年。

(3)期刊論文

邱珍琬:〈父親缺席——一個男性大學生的經驗〉,《高雄師大學報》第 24 期,2008 年。

李煒:〈互文的敘事——對蘇偉貞《日曆日曆掛在牆壁》的文本細讀〉,華中師範大學,《華文文學》,第 73 期,2006 年 2 月。

薛江雲:〈根著何處——論蘇偉貞《沉默之島》中的認同焦

慮〉,《世界華文文學論壇》第 1 期,北京：北京聯合大
　　學社科部,2006 年。

駱以軍：〈不確定的灰色地帶── 讀蘇偉貞的《魔術時刻》〉,
　　《聯合文學》,2002 年 7 月號。

郝譽翔：〈關於告別的,瓦解的,與正在誕生的……2000 年
　　到 2004 年的臺灣小說〉〉,《文訊》228 期,2004 年。

徐鋼：〈復活的意義無聲的陰影及寫作態度── 閱讀蘇偉貞小
　　說的戲劇性〉,《東南學術》第 1 期,2001 年。

梅家玲：〈性別論述與戰後臺灣小說發展〉,臺北：《中外文
　　學》,第 29 卷 3 期,2000 年 8 月。

楊照：〈隱私與文學〉,臺北：《聯合文學》第 19 期,1999 年。

黃宗慧：〈看誰在看誰？從拉岡之觀視理論省視女性主義電影
　　批評〉,《中外文學》,25 卷 7 期,1996 年 9 月。

單德興：〈論影響與研究的一些作法與困難── 以臺灣小說近
　　三十年的小說為例〉,臺北：《中外文學》,第 11 卷 4 期,
　　1982 年。

國家圖書館出版品預行編目(CIP)資料

　　女性之心靈書寫身影：從班婕妤到蘇偉貞 /
　　蕭湘鳳著. -- 初版. -- 新竹縣竹北市：方
　　集, 2019.03
　　　面；　　公分
　　　ISBN 978-986-471-213-7 (平裝)

　　1.女性文學　2.文學評論　3.文集

820.7　　　　　　　　　　　　　　108001371

女性之心靈書寫身影
　　——從班婕妤到蘇偉貞

蕭湘鳳　著

發 行 人：蔡佩玲
出 版 者：方集出版社股份有限公司
地　　　址：302 新竹縣竹北市台元一街 8 號 5 樓之 7
電　　　話：(03)6567336
聯絡地址：100 臺北市重慶南路二段 51 號 5 樓
聯絡電話：(02)23511607
電子郵件：service@eculture.com.tw
出版年月：2019 年 03 月 初版
定　　　價：380 元

ISBN：978-986-471-213-7 (平裝)

總經銷：易可數位行銷股份有限公司
地　　址：231 新北市新店區寶橋路 235 巷 6 弄 3 號 5 樓
電　　話：(02) 8911-0825　　傳　真：(02) 8911-0801